F.U. Ricardo

Sehnsucht Puszta

F. U. Ricardo

Sehnsucht Puszta

Roman

Ricardo, F.U.
Sehnsucht Puszta
– 1. Aufl. – 2010
Herstellung und Verlag:
Books on Demand GmbH, Norderstedt (www.bod.de)
ISBN-13: 978-3-83914-148-9

Umschlagbild: © Fotolyse@fotolia.com

Vorwort

Rund zehn Millionen Ungarn leben heute in ihrer alten und gegenüber früher flächenmässig viel kleiner gewordenen Heimat. Viele träumen davon, wegzuziehen in die weite Welt.

Weitere rund zehn Millionen Ungarn leben irgendwo anders in der Welt. Manche sehnen sich aber danach, eines Tages wieder in die alte Heimat zurückzukehren oder diese zumindest zu besuchen. Das Heimweh nagt!

Dabei stehen oft Tränen in den Augen mancher Ungarn in manchen Ländern, wenn man mit ihnen über die Puszta mit ihren Pferdeherden, das Gänsegeschnatter, die Ziehbrunnen, des Zusammenschmelzen von Himmel und Erde bei Sonnenuntergang, über Budapest und alte Bräuche und Feste der Magyaren spricht.

Ein fröhliches und zugleich auch etwas schwermütiges Volk. Und gerade dies wird in der globalisierten Welt von heute vermisst! Nicht nur die schluchzende Geige ungarischer Lieder bei grossartigen Tänzen.

Einleitende Betrachtungen

Der Mensch sehnt sich oft nach dem, was vergangen, vorbei und verloren ist.

Der Ungar sehnt sich nach der Puszta, die grösstenteils umgewandelt wurde und den ursprünglichen Zauber leider verloren hat. Wo sind die unendlichen, sich am Horizont verlierenden Weiten geblieben? Wo sind die malerischen Ziehbrunnen, die grossartigen Pferdeherden, die schnatternden Gänse hin? Auch die schluchzende Geige der Zigeuner, pardon, der Roma oder Sinti, spielt meist nur noch für den Fremdenverkehr.

Die wenigen Indianer in den Reservaten Nordamerikas sehnen sich nach den Weiten der Savanne und nach den Büffelherden.

Der Schweizer vielleicht nach dem „Heidiland", mit dem Alpöhi und dem Geissenpeter; und wenn nicht die Schweizer selbst, dann aber gewiss die Touristen, ob aus Japan oder aus Frankfurt. Aber da gibt es aber heute Mountainbikers, Bergrestaurants, Deltasegler und Skilifte. Sicher auf Wunsch auch Alphornbläser und Fahnenschwinger. Das sogenannte „Heidi-Land" wird immer kleiner, und die Städte, Konzerne und Zweitwohnungen immer grösser. Die Schweiz sieht heute anders aus!

Welcher Russe träumt nicht von der Tundra und der Taiga, die heute von Gasleitungen, Mineralienabbauwerken und „geheimen" Raketenabschusssilos" verschandelt ist?

Der Deutsche träumt vielleicht sogar noch von den grossen und finsteren Eichenwäldern der Teutonen. Wollen darum viele weg aus Old Germany in irgendeine unberührte Ecke der Welt?

Viele Österreicher träumen gerne von der alten Donau-Monarchie, ihrer Sissi und dem Kaiser Franzl, so wie die Bayern natürlich von ihrem Märchenkönig Ludwig.

Und manche Franzosen von der Grande Nation, vom Glanz des Sonnenkönigs in Versailles, und so weiter und so fort.

All dem haftet etwas Grosses, vielleicht sogar Mystisches an, was in der heutigen globalisierten, technisierten und gläsernen Welt oft schmerzlich vermisst wird.

Sind dies veraltete Klischees einer älteren Generation? Kaum! Sucht manch einer daher einen gewissen

Ersatz, den er aber nicht wirklich findet? Schon möglich!

Wo ist sie hin, die goldene Zeit? Aber war diese wirklich so golden? Gewiss nur für einige wenige Privilegierte.

Die Masse aber arbeitete sich krumm und krank und ächzte oft unter den Lasten der Abgaben. Rechte besassen sie keine, hingegen Pflichten ohne Zahl. Das Leben war nicht nur ärmlich, sondern oft erbärmlich.

Trotzdem träumen manche von verblasstem Glanz und identifizieren sich natürlich nicht mit dem hudelarmen Bauern und mit dem später unmenschlich ausgebeuteten Fabrikarbeiter oder dem Bergmann in der Kohleförderung, der oft wochenlang kein Tageslicht und keine Sonne sah.

Die Idealisten der Lehre von der Seelenwanderung und der Reinkarnation, die von fernöstlichen Religionen auch auf den Westen überschwappt, sehen sich ja nie als früheren indischen Rikschaläufer, der sich in wenigen Jahren seiner Arbeit die Lunge aus dem Leib kotzte, oder als russischer Bauer, der den ganzen Winter in erbärmlicher Armut mit der ganzen Familie auf seinem Ofen hockte, um zu überleben.

Nein, in einem früheren Leben war man natürlich Mozart, Beethoven, Alexander der Grosse oder gar Napoleon. Auch Michelangelo oder Leonardo da

Vinci sind beliebte Reinkarnationspersönlichkeiten und viele andere mehr.

Grossartig oder auch etwas eigenartig, nicht?

1

Lazlo Ferenczy ist ungarisch-schweizerischer Doppelbürger. Er ist aber in der Schweiz geboren, weil seine Eltern während des Ungarn-Aufstandes im Oktober 1956 als blutjunge Brautleute mit vielen anderen in den Westen geflüchtet waren.

Jener Aufstand, der durch die Sowjettruppen blutig niedergeschlagen wurde und tausende von Toten forderte, brachte in der Folge in vielen Flüchtlingswellen etwa 200'000 Ungarn, meist über Österreich, in die halbe Welt. So auch viele in die Schweiz. Sie wurden hier meist herzlich empfangen, obschon man auch Stimmen hörte, dass mit den ersten Wellen dieser Flüchtlinge vermutlich die Falschen gekommen seien. Nämlich die Sowjetfreunde und Spitzel, die nun als erste vor dem Zorn des Volkes flüchten mussten.

Die Forderungen nach Neutralität, nach dem Abzug der Roten Armee aus Ungarn, nach dem Austritt aus dem Warschauer Pakt, dem Militärbündnis des Ostens, nach Rede- und Pressefreiheit wurden unter den Panzerketten der Russen damals brutal zermalmt und begraben.

Laszlos Eltern kamen nahezu „in letzter Minute" über die Grenze und fanden schliesslich eine neue Heimat im Kanton Graubünden in der Schweiz.

Sie erzählten ihrem einzigen Sohn viel und oft von ihrer alten Heimat. Während dieser Schilderungen merkte Laszlo, dass eine grosse Sehnsucht nach Ungarn durch das Innere seiner Eltern zog.

Gewiss, die Schweiz wurde ihre zweite Heimat. Und die Berge und Seen, ja die ganze Landschaft hier waren ein Traum, ebenso der Wohlstand und natürlich vor allem die Freiheit. Aber Berge konnten mit der Zeit auch etwas erdrücken. Selbst die freiheitlich gesinnten Schweizer, die diese Selbstbestimmung seit Generationen ungehindert leben konnten, schienen manchmal trotzdem nicht gerade ein freundliches und offenes Volk zu sein. Im Gegenteil, Laszlos Eltern fühlten und erfuhren von Teilen der Bevölkerung oft ein Misstrauen gegenüber allem Fremden.

Natürlich, das kleine Land wurde und wird immer wieder geradezu überschwemmt von Ausländern aus aller Welt. Ausser dem kleinen Luxemburg hat die Schweiz prozentual den grössten Ausländeranteil Europas zu verkraften. Hinzu kommen Hunderttausende von Grenzgängern zur täglichen Arbeit und auch immer wieder neue Ströme von Flüchtlingen aus der halben Welt.

Aber brachten nicht auch viele der fest Zugewanderten neue Ideen, übernahmen Arbeiten, die kaum mehr ein Schweizer verrichten würde, und schafften Innovationen, die sonst vermutlich ausgeblieben wären?

Von den jährlich vielen Millionen Touristen spricht kaum jemand. Diese bringen schliesslich Geld, und zwar für den „Tante-Emma-Laden" um die Ecke bis in die Luxushotellerie. Man spricht zwar oft von den zehntausenden „kalten Betten" in den unzähligen Zweitwohnungen, die ja auch grüne Wiesen gefressen haben. Aber auch dies bringt Geld ins Land. Und die Diskussionen und Vorstösse zur Beschränkung des Baus ganzer Bettenburgen verflacht immer wieder. Diese Feriengäste blieben ja nicht, sondern mussten wieder nach Hause. Nur, vielleicht träumt doch jeder Zehnte davon, endgültig in dieses Land umzusiedeln!?

2

Steter Tropfen höhlt den Stein! So wirkte das heimliche Fernweh nach der unendlichen Ebene der Puszta durch die Schilderungen von Laszlos Eltern auch auf ihn. Es packte ihn mehr und mehr.

Seine Eltern betrieben einen Lebensmittel-Shop mit ungarischen Spezialitäten; nicht einfach nur Paprika, Gulasch und Salami. Sie machten die Bevölkerung von Chur und sogar der Umgebung mit vielen Besonderheiten der ungarischen Küche bekannt. Der Laden lief zwar nicht schlecht, ging aber auch schon besser.

Die doch ziemlich verwöhnte Kundschaft orientierte sich bald einmal nicht mehr nur Richtung Osteuropa mit dessen kulinarischen Genüssen. Indisch, Koreanisch, Thailändisch, Chinesisch, nebst natürlich vielen weiteren europäischen Spezialitäten, war neuerdings auch gefragt und stark im Trend.

Laszlo war eigenartigerweise noch nie in seiner eigentlichen Heimat und sehnte sich mehr und mehr, einmal Budapest, den Plattensee, die Puszta und vieles andere mit eigenen Augen zu sehen. In ihm wallte offenbar doch noch das Blut der Magyaren.

Inzwischen war er auch schon fast dreissig, aber noch immer nicht verheiratet. Dies verwunderte, ja beunruhigte seine Eltern schon sehr, denn Laszlo sah eigentlich blendend aus. Und manches Mädchen hatte schon mehr als nur ein Auge auf ihn geworfen. War er so unbeholfen oder gar ein kleiner Tölpel, dass er dies nicht bemerkte?

Reisen nach Ungarn sind heute günstig und so leicht zu buchen wie kaum je zuvor. Das Land zählt ja inzwischen sogar zur Europäischen Union.

„Ob wohl im Nationalpark von Hortobagy oder in und um die Stadt Debrecen, also in einem Gebiet, in dem noch am ehesten etwas von der einstigen Puszta ,gerettet' ist, eine Schönheit in ungarischer Tracht und mit roten Stiefelchen auf dich wartet?", meinte Laszlos Mutter lächelnd. „Verzeihung, jetzt äussere ich mich auch schon wieder in dieser Sache und dazu noch in solchen alten Klischees!"

„Wenn meine lieben Eltern wüssten, was ich innerlich für Kämpfe durchleide wegen meiner sexuellen Neigungen! Um Himmels willen, nur nie davon etwas anmerken lassen! Denn sie denken auch auf diesen Gebieten wirklich noch in alten Klischees", durchfuhr es Lazlo.

„Gewiss, gerade totgeschlagen würde ich nicht, wie dies heute noch in manchen Ländern der Fall ist, und zwar nicht nur dort, wo noch steinzeitliches Denken vorherrscht. Aber als Schmach oder gar Schande wird dies leider auch hier immer noch von vielen empfunden. Auch von meinen Eltern! Was zum Teufel kann ich denn dafür, dass meine Gefühle und Neigungen nicht der sogenannten Allgemeinheit entsprechen?

Was würde wohl auch mein Freund Luca denken, wenn der was merkt? Oder hat er schon etwas *bemerkt*? Ich fühle mich ja nicht nur wegen meiner Veranlagung zu ihm hingezogen. Er ist wirklich mein Freund im klassischen oder wegen mir im platonischen Sinn!"

Kurz darauf begleitete Luca dann seinen Freund Laszlo auf seiner ersten Reise in seine ursprüngliche Heimat, in der dieser noch nie war. Luca, ebenfalls in Chur wohnend, ebenfalls noch Junggeselle, arbeitete erfolgreich als ideenreicher Architekt.

Er liess sich offenbar ebenfalls von den Schilderungen der ungarischen Tiefebene anstecken, von der Schönheit der Hauptstadt Budapest, vom Balaton, von schluchzenden Geigen der Ziganos und vielen anderen Schönheiten und Eigenheiten dieses Landes.

Ein echter Magyar erzählte ihm vor Jahren, dass die meisten Ungarn im Ausland Heimweh haben. Gerade wenn man denen von diesen alten Klischees erzählt, bekommen sie meist feuchte Augen!

Etwas Wahres wird wohl schon daran sein!

Lucas sowie auch Laszlos Nationalstolz gebot ihnen zunächst, entweder mit der Malev oder mit Swiss zu fliegen. So lange, bis sie das Preisangebot eines Billigfliegers in der Hand hielten. Dann siegten die finanziellen Überlegungen aber bald über den Patriotismus. So buchten sie einen Flug Zürich-Budapest retour zu einem wirklichen Spottpreis.

3

Debrecen ist eine interessante Stadt. Es gibt manches zu sehen aus alter und neuer Zeit, vor allem, wenn man sich etwas für die Geschichte dieser Gegend interessiert. Es gilt dabei zu bedenken, dass im zweiten Weltkrieg über fünfzig Prozent der Gebäude zu Ruinen zerbombt wurden. Allein unter diesem Aspekt sieht man, dass hier viel wieder aufgebaut wurde.

Aber Laszlo und Luca waren von den Ausflügen in die „Rest-Puszta", den Nationalpark Hortobagy, doch ein wenig enttäuscht. Man konnte sich zwar gut und lebhaft in die Vergangenheit hineindenken. Aber selbst hier erlebt man nicht mehr die echte alte Zeit.

„Etwa so, wie wenn man in Amerika in Indianerreservaten den echten wilden Westen oder in einer Filmkulissenstadt für Westernfilme die echte Cowboy-Romantik sucht! Man sollte einfach nicht immer den Empfehlungen der Reiseführer folgen, sondern der eigenen Nase!", beurteilte Luca ihr Erleben.

„Nun, gar so abstrakt empfinde ich dies nicht, aber immerhin: Auch ich habe mehr erwartet! Vielleicht sind wir wirklich am falschen Ort, einem Ort, der allein für Touristen aufgepäppelt ist. Die Reiterkünste waren aber schon imponierend. Man sah förmlich die alten Hunnen über die Steppen fegen, um sich halb Europa untertan zu machen!", lachte Laszlo.

„Weißt du, was hier auch noch imponierend ist? Die Preise! Zum Teil sage ich dem Abzockerei!", erwiderte Luca.

„Vielleicht haben die Leute hier das von den Schweizern gelernt!", meinte Laszlo, nun doch etwas gekränkt. „Aber komm, lass uns so schnell wie möglich nach Budapest zurückreisen. Die Stadt ist wirklich sehenswert und liebenswert!"

Nach einem wirklich urgemütlichen Besuch einer Gaststätte in einer Art Kellergewölbe, mit ungarischen Spezialitäten, scharf gewürztem Salami, Käse und Brot, mit Wein, der im hohen Bogen mit einem langen Schlauch aus einer Art Fellsack in kleine Gläser absolut zielsicher gespritzt wurde – zum Gaudi aller Anwesenden – mit typischen ungarischen Csárdás-Tänzen und alter Zigeunermusik, verliessen die beiden versöhnt, aber längst nicht mehr mit zielsicherem Gang diese Gegend.

4

Bald darauf schlenderten die Laszlo und Luca im Stadtteil Buda treppauf und treppab über die legendäre Fischerbastei und blickten begeistert auf den anderen Teil der Stadt über die Donau nach Pest. Sie bestaunten den Märchenbau des ungarischen Parlaments und das grossartige Panorama, das sich dem Besucher hier oben bietet.

Die Fischerbastei, ein Monument der ungarischen Hauptstadt, wurde erst von 1895 bis 1902 erbaut. Dieses kuriose Bauwerk erhebt sich auf dem Burgberg an der Stelle des mittelalterlichen Fischmarkts von Buda. Daher wohl auch der Name!

Das Bauwerk mit seinen Zinnen und Säulen, mit seinen Türmchen und Türmen will vermutlich an die Zelte der Magyaren erinnern, und ist zudem eine grossartige Aussichtsterrasse und Sujet für Millionen von Fotos und Filmen der Touristen. Vor der Bastei steht die Reiterstatue des heiligen Stephan, des Königs, der das Christentum in Ungarn verbreitete.

Dabei muss man bedenken, dass vor wenigen hundert Jahren hier die Türken einmal die Stadt besetzt hielten.

Wirklich, es gab mal das sogenannte „Goldene Dreieck", nämlich Wien-Prag-Budapest in der alten Donaumonarchie. Dieses Dreieck ist auch heute noch eines Besuchens wert. Eines Besuches? Wohl deren viele! Der historisch nur einigermassen Interessierte, der Kunst- und Musikliebhaber, der Gourmet und Gourmand, alle finden hier Erfüllung vieler Wünsche.

Laszlo sowie auch Luca wollten alle diese drei berühmten Städte mal näher kennen lernen. Dies versprachen sie sich genau auf ihrem derzeitigen Aussichtspunkt der Fischerbastei. Vermutlich sind die beiden nicht die Einzigen, die hier oben schon ähnliche Entschlüsse fassten. Denn selbst in unserer modernen Zeit ist für den, der Empfindungen pflegt für Geschichte und Kultur, allein in diesem Dreieck so viel zum Bestaunen geblieben.

Zudem ist die Reiselust der Leute selbst in Rezessionszeiten vor allem nach näher liegenden Destinationen ungebrochen!

„Warum also immer nur träumen von den Seychellen, von der Karibik, vom geheimnisvollen Asien? Von den Pyramiden, von versunkenen Städten der Inkas, von einer Fahrt mit der Transsibirischen Eisenbahn? Europa hat auf engstem Raum so unendlich viel zu bieten!", kamen die beiden zum Schluss!

Aber es ist halt doch nicht alles Gold, was glänzt. Selbst hier nicht, in der so fotogenen und märchenhaften Fischerbastei. Vor lauter Gucken und Staunen, vor lauter Portraitstehen für Fotosujets, vor lauter Touristenströmen Ausweichen, vor lauter Geschrei der Andenkenhändler in etwa fünf verschiedenen Sprachen, vor lauter Geschupse und Getruckse in den Massen merkten die beiden erst beim Bezahlen ihrer Getränke in diesem sündhaft teuren Restaurant, dass sie bestohlen worden waren.

Ihre Geldbörsen waren weg!

Zuerst war dies ärgerlich, dann nahmen sie es mit Humor. Viel Bargeld hatten sie sowieso nicht dabei. Dumm war nur, dass die Gesässtaschen ihrer Jeans aufgeschnitten waren und dass sie dabei überhaupt nichts bemerkt hatten von den geschickten Taschendieben. Zum Glück trugen sie keine Kreditkarten bei sich. Diese lagen in ihrem Reisegepäck in ihrem einfachen Hotel.

„Aber auch dort kann gestohlen und geklaut werden!", meinte Laszlo.

„Mal den Teufel nicht an die Wand", erwiderte Luca. „Ich glaube, diese raffinierten Kerle versuchen ihr Talent eher in Fünfsternehäusern als bei uns in unserer einfachen Unterkunft! Die wissen doch ganz genau, wo was zu holen ist!"

„Aber wie machen wir der Bedienung hier klar, dass wir unsere Cola nicht bezahlen können. Unser verführerischer Augenaufschlag genügt hier nicht. Den hat die schöne Ungarin mit dem schönen Namen Piroschka vermutlich täglich zu erdulden!"

„Diebstahl gab es hier gewiss schon vor hundert und 500 Jahren, sogar auf dem damaligen Fischmarkt", meinte Laszlo. „Also ist nicht nur einfach die heutige Zeit schlecht zu reden! Woher kennst du übrigens den Namen unserer Kellnerin?"

„Ich hörte ihn am Nebentisch von einem Gast, der sie offensichtlich gut kennt!"

„Und den hast du dir sofort gemerkt? Diese Piroschka macht auf dich offenbar einen gewaltigen Eindruck! Trotzdem, wir sind bestohlen worden und werden nun zu Zechprellern!"

„Gewiss; aber damals wurde vielleicht ein auf dem Markt schon etwas stinkender Fisch oder eine harte Brotkrume gestohlen, um nicht zu verhungern. Geldbörsen mit ein paar Goldstücken trugen sicher nur die Reichen. Und die waren umgeben von Beschützern!"

„Ja, aber sage mir, was ist den nun wirklich der Unterschied zu heute?"

„Eigentlich keiner! Wir haben einfach keine Body-Guards!"

„Siehst du! Und? Was sagen wir jetzt unserer hübschen Bedienung?"

„Gar nichts! Wir hauen einfach ab und erklären morgen dieser Piroschka unser Missgeschick!"

„Gemäss der Getränkekarte werden hier für die zwei Cola doch tatsächlich zusammengezählt ganze 14 Euro berechnet. Forint werden schon gar nicht mehr angegeben!"

„Das ist ja ‚Raubrittertum' an armen Wandergesellen. Sollen wir den Wirt gleich wegen Wucher anklagen? Die Einheimischen bezahlen gewiss nicht solche Preise, denn diese rechnen bestimmt in Forint ab!

„Komm, jetzt ist die Situation günstig. Piroschka ist beschäftigt mit Bestellungen und Bezahlungen. Wir verschwinden blitzschnell!"

5

Piroschka ist gar nicht Ungarin! Sie – beziehungsweise ihre Eltern – stammen aus dem rumänischen Siebenbürgen. Ihre Vorfahren kamen also aus Sachsen. Und sie versteht und spricht nebst Ungarisch auch ganz gut Deutsch!

Als Laszlo und Luca am nächsten Tag wieder auftauchten, hatte diese Piroschka ausgerechnet ihren freien Tag. Der Wirt aber erkannte die beiden und kam wutschnaubend auf sie zu. Auch er sprach ganz respektabel Deutsch und fluchte in Ungarisch und Deutsch auf die beiden los, wie wenn diese einen Bankraub verbrochen hätten.

Als Lazlo ganz ruhig und beschwichtigend in Ungarisch dem Wirt Tibor Nagy erklärte, warum sie gestern abgehauen waren, wurde dieser sofort milde gestimmt.

„Sie sind Ungar?", fragte er versöhnlich.

„Ja, im Herzen ganz! Und in Wirklichkeit halb Ungar und halb Schweizer. Meine Eltern waren beim

Aufstand gegen die Russen in die Schweiz geflüchtet!"

„Gut, dann sehe ich von einer Anzeige ab. Ich denke, Sie waren nicht bei der Polizei, um den Diebstahl Ihrer Portemonnaies zu melden. Man hätte Sie dort nur tüchtig ausgelacht und wohl zu verstehen gegeben, dass Sie heute bereits der fünfzigste Fall sind", meinte der Wirt in ungarischer Sprache zu Lazlo.

Und zu Luca gewandt: „Und Sie? Auch Ungar?"

„Im Herzen ja, aber auf dem Papier ‚nur' Schweizer!"

„Schweiz gut! Auch kleines Land! Freiheit, Frieden, neutral, gutes Schokolade, gutes Uhren! Ich Euch geben gutes Schnaps ungarisches! Schulden von gestern sind vergessen!", meinte der Wirt nun in einem wirklich köstlich-drolligen Deutsch.

„Woher können Sie denn so gut Deutsch?" fragte Luca interessiert.

„Wir waren Österreich-Ungarn-Monarchie langes Zeit. Darum meine Grossmutter sprach Deutsch viel mit mir! Nach zweites Weltkrieg nicht mehr gern gehört hier. Aber jetzt viel deutsches Touristen. Bringen viel Euro!", lächelte er verschmitzt.

30

„Warum ist denn heute Piroschka nicht hier?", fragte Luca, bewusst etwas naiv, denn er wusste ja inzwischen, dass diese ihren freien Tag hatte.

„Schönes Mädchen, nicht?" zwinkerte der Wirt Luca zu. „Komm morgen wieder, dann du sehen sie. Aber vielleicht geben dir eine grosse Prügel an Kopf!"

„Warum?"

„Ich müssen 14 Euro abziehen von ihre Lohn, weil du nicht haben bezahlt! Werde ihr aber geben zurück!"

„14 Euro für zwei Cola ist verrückt!"

„Hier schon! Bedenken die schöne Aussicht, schönstes in Europa! Und Cola serviert mit Zitrone und Eis!"

„Schönste Aussicht in Europa gibt es an hundert oder mehr Orten! Allein bei uns in der Schweiz!", meinte Luca lachend.

„Ja, Schweiz schönes Land! Ich schon gewesen in Zürich!"

„Warum denn ausgerechnet Zürich?"

„Bin gutes Katholik! Wollte besuchen viele Orte in Schweiz, die haben Bischof!"

„Lieber Freund, Zürich ist eine berühmte Stadt der Reformatoren. Die Stadt zählt zum Bistum Chur, wo ich wohne! Warst du vielleicht nicht auf Bischofssuche, sondern auf der Suche nach einer verschwiegenen Bank für gewisse Anlagen?"

„In heutiger Welt alles möglich!", erwiderte lachend Tibor Nagy. „Wie auch immer: Zürich auch schönes Stadt. Aber Budapest schöner!"

6

„Luca", meinte etwas bedrückt Laszlo am selben Abend zu seinem Freund: „Bist du vielleicht in Piroschka etwas verliebt?"

„Kann schon sein! Warum fragst du? Empfindest du dies als eine Art Konkurrenz zu unserer Freundschaft?"

„Ich? Nein, niemals! Aber Luca, ich muss dir endlich ein Geständnis machen, bei dem sich vielleicht unsere Wege trennen und unsere schöne Freundschaft zum Teufel geht!"

„Niemals, Laszlo. Eher lassen wir beide die Gedanken und die Finger von Piroschka, als so etwas!", erwiderte treuherzig Luca, „falls du auch in sie verliebt bist!"

„Luca, schweig jetzt einen Moment und höre mir zu, ehe du mich vielleicht entrüstet verlässt! Ich bin nämlich schwul!"

Dieses Bekenntnis schlug einen Moment bei Luca wirklich wie eine Granate ein!

Erst jetzt wurde ihm manches Unerklärliche ihrer Freundschaft mit einem Schlag klar. Etwa die manchmal allzu heftigen Umarmungen. Oder auch, dass sein Freund seine Hand oft so lange und intensiv auf seinem Schenkel liegen hatte während ernsten Gesprächen. Ein Wechselbad der Gefühle durchzog Luca.

Beide wirklich bisher guten Freunde waren einige Minuten einfach still, was jedem wie eine halbe Ewigkeit vorkam.

„Ich akzeptiere dies ohne Fragerei!", kam endlich das erlösende Wort aus Lucas Mund. „Was kann ein Mensch dafür oder dagegen tun? Laszlo, du bist für mich weiterhin mein Freund und ein wertvoller Mensch. Sollte ich aber eines Tages eine Frau finden, die mich liebt und die ich liebe, so hat diese aber so oder so in meinem Leben den ersten Platz! Kannst und willst du unter solchen Aspekten doch mein bester Freund bleiben?"

„Ja, Luca, das kann ich und das möchte ich! Und wenn ich dich für diese Worte in den Arm nehme, dann denke dir bitte nichts Falsches dabei!", erwiderte Laszlo unter Tränen.

„Man hat lange genug die Homosexualität und alle weiteren Arten der menschlichen Beziehungen und Veranlagungen verteufelt, verfolgt, totgeschwiegen. Und es gibt heute noch manche sogenannte Kulturen, die in alten Denkmustern verharrend Scheussliches tun und nicht zurückschrecken vor Folter und Totschlag. Wenn aber vor allem die Herren der Schöpfung herumhuren, so ist dies natürlich nur ein Kavaliersdelikt. Und solche werden von machen noch bewundert und beneidet!"

„Eine lange Rede, mein Freund, von uns beiden. Und doch fehlen uns vielfach die rechten Worte. Lass uns auf die weitere Freundschaft anstossen. Meinetwegen bei Piroschka und dem Wirt Tibor Nagy mit seinen verrückten Preisen!"

„Dort erst morgen! Sie hat doch heute ihren freien Tag! Aber Budapest ist ein Eldorado für gemütliche Kneipen!"

„Ja, lass uns durch kulinarische Höhenflüge wegkommen von unserem schwierigen und wohl auch unlösbaren Thema!"

„Unlösbar? Nein, es braucht einfach mehr Toleranz!"

7

Es kam trotz edler Gesinnung und aller guten Vorsätze ganz anders!

Beim Besitzer ihres wirklich sehr einfachen Hotels, das vielleicht einen einzigen oder halben Stern verdiente, waren aus der sozialistischen Zeit noch in manchem Zimmer Wanzen installiert. Auch eine inzwischen gewiss veraltete Abhöranlage für Geheimdienstleute funktionierte wunderbarerweise immer noch. Alles zu entfernen und die Reparaturarbeiten zu bezahlen, machte wirklich keinen Sinn.

Ab und zu mal Gespräche seiner Gäste abhören, war ein kleines Hobby des Besitzers Sandor Szabo. Man erfährt da manchmal Drolliges, Interessantes, ja Aufregendes, man hört Bettgeflüster aller Art, und dies alles versüsst den manchmal so langweiligen Trott des Alltags.

„Wer weiss", sagte sich Sandor Szabo, „vielleicht kann man ja mal jemanden erpressen mit brisanten Informationen, für die Ehefrau, für Geschäftspartner und so weiter. Möglichkeiten gibt es ohne Zahl!"

Seinerzeit wurden die modernsten Geräte aus Westdeutschland angeschafft, und zwar aus inzwischen völlig verschwommenen Kanälen. Die Technik der Sowjets und des ungarischen Geheindienstes waren noch nicht auf dem neusten Stand. Nur nach der Installation wussten die dortigen Fachleute mit den komplizierten Geräten nicht recht umzugehen.

Man liess also einen Fachmann aus dem Westen kommen, der die Überwacher bereitwillig instruierte, denn man versprach ihm nebst einem wunderschönen Aufenthalt in Ungarn auch ein schönes Bakschisch.

Als jener Fachmann, kurze Zeit vor den ersten „Löchern im Eisernen Vorhang", die wunderschöne Aussicht vom Hotel Hilton genoss und in seinem Bett bereits eine noch schönere nackte Ungarin auf ihn wartete, wurde er bei seinen Aktivitäten gefilmt. Einfach für alle Fälle!

Der Film wurde nie gebraucht und verstaubte irgendwo in einem nicht mehr benutzten Archiv. Schliesslich schätzt man auch weiterhin Präzisionsarbeit aus der Bundesrepublik Deutschland. Man ist heute schliesslich in einer ganz anderen Zeit und sogar neuerdings gemeinsames Mitglied der EU.

Nun horchte also Sandor Szabo wieder mal aus Neugierde und Langeweile die Gespräche ausgerechnet im Zimmer von Laslo und Luca ab. Nur: Er hatte echte Probleme mit deren Sprache. „Slawisch ist dies nicht, auch keine lateinische Sprache. Vielleicht ein Idiom aus Skandinavien? Finnland oder so etwas Ähnliches?", fragte sich der Horcher.

Ein versoffener ehemaliger Sprachlehrer ohne Anstellung war Stammgast in seiner Kneipe. Sandor stellte dem Mann eine volle Schnapsflasche vor seine Schnapsnase und meinte: „Mach dir damit einen schönen Abend und eine ruhige Nacht! Wenn du willst, kannst du auch hier am Tisch einschlafen. Es kostet dich keinen Forint, aber eine kleine Gefälligkeit! Hör dir mal dieses Gespräch an und sage mir, welche Sprache die jungen Kerle sprechen! Ich habe dies kürzlich auf Band aufgenommen!"

„Das ist ein Dialekt aus der Schweiz, mein Freund!", erklärte der Gast mit flehendem Blick auf die Flasche. Hast du denn von den beiden keine Pässe gesehen?"

„Natürlich, aber es wunderte mich einfach, was für ein Kauderwelsch die sprechen!"

„Und mich wundert es, warum du dich für so etwas interessierst. Also, her mit der Flasche! Ich brauche kein Glas!"
Warum der Wirt solchen Aufwand betrieb? Er hörte aus dem Gespräch der jungen Männer das Wort

„Homosexualität" heraus. Und das elektrisierte ihn förmlich und erzeugte in ihm sofort einen tödlichen Hass.

Wieso denn das?

Er war von fanatischem Hass getrieben gegen alle Schwule. Seine Frau starb früh an Krebs. Damals hatte er kein Geld und die Ärzte keine Medikamente und Mittel, um ihr Leben noch etwas zu verlängern. Und dann stellte sich nach ihrem Ableben zu allem Übel noch heraus, dass sein einziger Sohn schwul ist. Da brach für den Mann die ganze Welt zusammen.

„Unerklärlich, verrückt, eine Schande", fluchte er damals in sich hinein. In seiner Familie und Verwandtschaft war ihm kein solcher Fall bekannt. „Also ist mein guter Junge von solchen Saukerlen verführt und kaputt gemacht worden. Und ich werde nie Enkel aufwachsen sehen. Zudem verrät mir mein Arzt, dass ich mit meiner fortgeschrittenen Leberzirrhose nicht mehr als noch zwei Jahre zu leben habe. Ich werde diesen Kerl da oben umbringen und in die Donau werfen. Wieder einer weniger von diesen abartigen Burschen!"

Natürlich erinnerte er sich schwach, dass er in seiner Jugendzeit eine Schwäche für Mädchen und manchmal auch Buben hatte. Aber bei solchen

40

Spielchen war einfach der jugendliche Hormonspiegel schuld. „Und diese Geheimnisse nehme ich alle in mein Grab, das wohl bald geschaufelt wird. Den Verdacht dieses Todschlages lenke ich dann einfach auf seinen Begleiter Luca. Der ist zwar anscheinend nicht falsch gewickelt. Aber auch der soll bestraft werden! Mit solchen Kerlen pflegt man keine Freundschaft!"

Um die Mittagszeit des nächsten Tages wurde die Leiche von Laszlo aus der Donau gefischt. Das Polizeiaufgebot war nicht riesig. Es war nicht der erste Tote dieser Art in ihrem schönen Strom, und es wird auch nicht die Letzte sein. Allerdings erschien es eigenartig, dass aus dem Rücken des Toten ein altes typisch ungarisches Messer ragte.

Sandor lenkte den Verdacht dieses Mordes geschickt auf den Freund und Zimmergenossen Luca und spielte dabei der Polizei das Tonband über deren Gespräch am letzten Abend zu, samt Übersetzung des Schweizer Dialektes in Ungarische, was ihn eine weitere Schnapsflasche kostete.

Misstrauisch nahmen die Beamten dieses Corpus Delicti an sich, wunderten sich aber nicht sonderlich, dass auch in jenem Hotel die Bespitzelung immer noch funktionierte. „Anlagen und Seilschaften" aus alter Zeit funktionieren im Hintergrund oft noch erstaunlich gut.

Luca wurde kurzerhand in ein Spezialgefängnis für Schwerverbrecher gebracht, da das Untersuchungsgefängnis bereits überbelegt war. Überbelegt war aber auch das „Loch", in das er geschupst wurde. Eigentlich eine Einzelzelle, die aber schon durch einen etwas unheimlichen Insassen belegt war.

Die ganze „Aussicht" war dessen derbes und rohes Gesicht, und durch ein kleines vergittertes Guckloch in etwa zwei Metern Entfernung eine trübselig-graue Betonwand, an der ein verdorrtes Bäumchen wohl am liebsten ebenfalls um Hilfe geschrien hätte.

„Ich verlange sofort einen Anwalt und den Schweizer Botschafter zu sprechen!"

„Aber gerne, der Herr. Warten Sie einen Augenblick!" Bei diesen Worten knallte die Türe ins Schloss und der Wärter schlurfte grinsend davon.

Dieser „Augenblick" dauerte bereits drei Tage. Und auf seine verzweifelte Frage nach Rechtsbeistand hörte er die hämischen Worte des Bewachers, die wie Hagelkörner auf ihn prasselten: „Ihr Herr Botschafter weilt in diesen Tagen zu konsultativen Besprechungen in Bern, in Ihrer Hauptstadt. Weitere Botschaftsangehörige haben keine Kompetenz, mit Ihnen Kontakt aufzunehmen. Und ein Pflichtverteidiger wird Ihnen zur gegebenen Zeit von der ungarischen Gerichtsbarkeit gestellt!"

„Ich will endlich meine Eltern in der Schweiz anrufen!"

„Leider sind diese Herrschaften in den Urlaub verreist! Wissen Sie denn dies nicht?"

Anfänglich liess Luca den Gefängnisfrass angeekelt stehen. Nichts von der berühmten ungarischen Küche, sondern ein stinkiges, undefinierbares und unansehnliches Durcheinander. Aber wenn die Därme rumoren und der Magen rebelliert, drückt man auch das Scheussliche hinunter.

Dazu kam, dass sein Zellengenosse auf den ersten Blick vermutlich ein richtiges Scheusal sein musste. Aber wie und wo auch immer: Der Schein trügt! So auch hier. Mit viel Diplomatie und erfundenen Geschichten über sich selbst und mit einer dem Zellengenossen vorgegaukelten Meinung, dass dieser Klotz gewiss unschuldig sitzen würde, besänftige er den muskelbepackten Grobian, der aber wohl in seinem Innern gar nicht böse war.

So meinte Luca zu ihm: „Die wissen doch ganz genau, dass du wegen dieser Lappalie eines missglückten Einbruchs praktisch bald auf freien Fuss kommst. Und jetzt provozieren die dich, mich zu verhauen und halb totzuschlagen, dass du nachher umso länger sitzen musst!"

„Bist ein schlaues Kerlchen! Vielleicht hast du recht! Sag mal, woher kommst du eigentlich? Dein Ungarisch ist ja wirklich zum Kopfschmerzen kriegen!"

„Aus der Schweiz! Und siehst du, selbst in diesem schönen Land ist es oft so, dass die Banker, die Millionen oder Milliarden betrügen, am Schluss noch eine Abgangsentschädigung erhalten, wenn sie aus der Firma ausscheiden. Und für einen kleinen Ladendiebstahl kriegst du eine saftige Busse!"

„Recht hast du! Sauerei überall! Also, abgemacht: Wir werden Freunde, und wir bleiben dies auch, wenn wir hier rauskommen. Einer, der so klug spricht wie du, ist doch kein Mörder. Und wenn schon, dann hättest du das gewiss klüger angestellt, nicht? Übrigens: Glaubst du an Gott?"

„Ja, in irgendeiner Form schon! Warum?"

„Einfach so! Ich nämlich manchmal auch! Aber die Menschen machen mir dies oft schwer!"

8

Eines muss man der Budapester Kriminalpolizei zugute halten: Sie ermittelte in diesem für sie gewiss unbedeutenden Mordfall nach etlichen Seiten weiter. Vermutlich wurde sie aber auch durch neue und weitere „Erkenntnisse" dazu geschubst. Und dies, obwohl Laszlos Ermordung in einer ziemlich unbedeutenden Zeitung auf der zweitletzten Seite lediglich mit einem Vierzeiler unter „Vermischtes" erwähnt wurde.

Piroschkas Chef, Tibor Nagy, wunderte sich schon einige Zeit, dass der kleine Hotelier Sandor, bei dem Laszlo und Luca Unterschlupf gefunden hatten, trotz schlecht frequentierter Kneipe und mit wenig Gästen in seiner Herberge immer wieder etwas renovieren und modernisieren konnte. „Woher nimmt der Kerl nur das Geld?"

Der alte ungarische Dolch, der immer noch in Lazlos Rücken steckte, als man ihn aus der Donau zog, warf ebenfalls eine Menge Fragen auf. Dieser hing nämlich zuvor jahrlang hinter der Theke in Sandors Kneipe. Auf diesbezügliche Fragen an den komischen Kauz von Hotelier meinte dieser: „Er war eben plötzlich weg und gestohlen! Ist doch logisch! Von diesem Schweizer!"

„Aber so ein Ding kann man doch unauffällig in jedem billigen Antiquitätenladen kaufen! Luca ist doch gewiss nicht so blöd, ausgerechnet diesen Dolch als Mordwaffe zu stehlen, der dann so plump auf ihn hinweisen würde!", meinte ein logisch denkender Beamter der Polizei. „Sicher, jeder Mörder begeht irgendwie und irgendwo eine Dummheit, aber doch nicht einen solch bodenlosen Blödsinn!"

Einen Rückschlag für eine Entlastung gab sich allerdings Luca selbst. Er versuchte, als ihm der Geduldsfaden riss, mit seinen wenigen Forint und Euro den Wärter zu bestechen. Offenbar war die Summe selbst für diesen zu klein, weil er seinen Gefangenen beim Direktor dafür verpetzte!

„Dieser Dreckskerl will mir was anhängen", fluchte Luca bei einer erneuten Vernehmung. „Glauben Sie denn, ich bin so dumm, mich mit meinen lumpigen paar Noten bei einem so kleinen Wicht ‚freikaufen' zu wollen?"

Aber ein Verdacht blieb. Und der ‚kleine Wicht' liess in der Folgezeit Luca mit einem Dutzend Schikanen spüren, dass er durchaus ein ‚grosser Wicht' und sogar ein Bösewicht sein konnte. Dies solange, bis seinem Kumpel in der Zelle der Kragen platzte und dem Wärter sagte: „Du kleiner Scheisser, pass auf! Wenn wir raus kommen, dann bist du dran!"

Irgendwie bekam es nun doch der ‚kleine und grosse Wicht' etwas mit der Angst zu tun. Er machte um die beiden meist einen grossen Bogen, und dadurch hatten sie wenigstens in dieser Hinsicht Ruhe.

Zudem tauchte plötzlich der schwule Sohn von Sandor Szabo beim Morddezernat auf, und zwar aus der Budapester Szene, in der natürlich der Mord an Laszlo eingehender diskutiert wurde als in den Medien oder bei der Polizei.

„Man weiss ja nie, wenn einer von uns als Nächster dran ist!", meinten dort manche. „Wir müssen dem armen Teufel aus dem Loch helfen, denn der war es wohl kaum! Es trifft ja immer die Falschen!"

Und genau dieser Sohn plauderte nun ziemlich rachesüchtig bei der Polizei über das Verhältnis zu seinem ihn hassenden Vater und zu dessen Vergangenheit.

9

Hinzu kam etwas weiteres Unverhofftes! Amors Pfeil hatte Piroschka getroffen, als sie Luca sah. Und zwar einfach so, in Sekundenschnelle. Daran konnte nicht einmal seine Zechprellerei etwas ändern. Sie wollte nun auf ihre Art recherchieren. Nämlich mit den Waffen einer Frau! Und zwar bei diesem Saukerl von Hotelier, bei dem Laszlo und Luca logiert hatten.

Natürlich, es gibt auch noch andere, vermutlich wichtigere Waffen der Frau, als nur Busen und Po. So zum Beispiel Charme, Witz, Intelligenz, Herzenswärme. Aber all dies nützt bei einem Büffel wie Sandor Szabo wenig bis nichts!

Aufreizend sass Piroschka darum eines Tages im etwas schummrigen Restaurant von Sandor und liess durch ein bewusst viel zu enges T-Shirt ihre Brüste verführerisch wippen. Immer dann, wenn der alte Lüstling, wie sie bemerkte, mit grossen Augen an ihr vorbei schlurfte. Er konnte gar nicht genug kriegen von diesem wirklich grossartigen Dekolleté und von den ebenso nur halbbedeckten üppigen Äpfelchen und den Schenkelchen, die immer mehr durch das hoch gerutschte Minijupe sichtbar wurden.

Als sich Sandor mit einer fadenscheinigen Bemerkung ganz nah bei ihr niederliess, provozierte ihn Piroschka in einer Art, als wenn sie früher Liebesdienerin in einem alten römischen oder indischen Tempel gewesen wäre. Der Lustmolch wurde richtig gierig und zugleich fahrig und zittrig. Er goss Glas um Glas guten rubinroten ungarischen Wein mit dem Namen „Stierenblut" in sich hinein.

„Stierenblut", wunderte sich der Wirt, „habe ich heute vermutlich auch in mir, und zwar noch mit Paprika gewürzt. Ich kenne mich gar nicht mehr, zum Teufel! Aber dieses junge Märchenwesen lächelt mich in einer Weise an, wie ich das noch nie erlebte!"

Dass alles Show war, darauf kam der Tölpel nicht. Und mit jedem Zentimeter mehr Haut, die Piroschka zeigte, wurde er kribbeliger. Sie landeten im Bett, das etwas schmuselig war und etwas eigenartig roch.

Piroschka meinte, noch ziemlich nüchtern, weil sie die meisten Gläser Stierenblut ins Grünzeug neben dem Tisch geschüttet hatte, ziemlich angeekelt: „Warte, mein Bärchen! Langsam voran! Das erhöht nur die Lust! Sage mir zwischendurch, bist du unglücklich mit deinem schwulen Jungen?"

Im Moment schien es, als ob Sandor plötzlich wieder nüchtern würde. Seine Gesichtsfarbe wechselte von weiss zu rot und umgekehrt, und seine Adern schwollen an. Aber die explosive Konversation ging weiter. Die Sicht auf weitere Haut auch. Der Ekel von Piroschka steigerte sich. Die tapsige Lust von Sandor auch. Und das Wichtigste: Ebenso seine Redseligkeit. Durch den massiven Alkoholgenuss steigerten sich in Sandors Hirn sexuelle Fantasien ins Uferlose, aber andere „wichtige" Organe machten immer mehr schlapp! Dies bedeutete für Piroschka die grosse Chance.

Als für sie die Grenze des Erträglichen erreicht und ihr Wissen über Sandors Sohn und über den toten Laszlo und dessen eingesperrten und des Mordes verdächtigen Freundes Luca umfassender wurde, zog sie sich mit einem Hechtsprung aus dem schmuseligen Bett zurück und stürmte schreiend in die Kneipe.

„Dieses sexhungrige Scheusal Sandor wollte mich vergewaltigen", schrie sie wie eine gute Schauspielerin zu der dort noch vorhandenen Handvoll Gäste und zog sich dabei schnell und flüchtig wieder an. Sie vergewisserte sich, dass das Minitonbandgerät noch immer an einer sehr geheimen Stelle ihres Körpers klebte und das Gespräch also gespeichert war.

„Wirklich?", lächelte der arbeitslose Sprachlehrer ihr süffisant zu. „Warum haben Sie denn ihre wirklich aufreizenden Brüstchen und Schenkelchen so gekonnt vorgeführt? Und warum sind Sie dem alten Bock bereitwillig auf sein Zimmer gefolgt?"

„Sie sind ja betrunken und verrückt!"

„Kann sein! Aber beides ist manchmal von Vorteil, schöne Dame! Es ist schon interessant, wie die alten technischen Einrichtungen des sowjetischen und ungarischen Geheimdienstes sogar heute noch gute Dienste leisten, nicht?"

„Was meinen Sie denn damit?", stiess Piroschka verwirrt hervor. „Sie sind wirklich verrückt!"

„Die halbe Welt ist verrückt. Manchmal aber helfen solche Verrücktheiten später solchen Leuten wie Ihnen, die nicht verrückt sind!"

Wortlos und total aus der Fassung gebracht flüchtete Piroschka aus dieser Kaschemme.

Am nächsten Tag wurde der Hotelier zu einer sogenannten Zeugenaussage auf das Präsidium der Polizei bestellt und dort kurzerhand verhaftet! „Sie sind kein Zeuge, sie sind ein Verdächtiger! Wir wollten nur jeden Radau bei einer Festnahme vermeiden.

Wir sind eine vielbesuchte Touristenstadt und können uns keinen Imageschaden wegen eines alten Sextölpels erlauben!"

„Saukerle", schrie Sandor die Beamten an.

„Sehen Sie, genau wegen solchen Ausbrüchen Ihrerseits wurden Sie erst hier verhaftet. Selber Saukerl!"

10

Je mehr der Hotelier Sandor tobte, umso mehr verhaspelte er sich. Auch sein Schreien „Seht ihr Idioten denn nicht, was für ein dreckiges Spiel diese Schlampe mit mir getrieben hat?" brachte kein Wohlwollen der Beamten hervor.

Diese erhielten nämlich von einem gewissen ehemaligen Sprachlehrer, Stammgast in der Kneipe von Sandor, ein weiteres Tonband zugespielt. Sandor dachte damals in seinem Liebeswahn gar nicht daran, dass auch sein Zimmer verwanzt war. Ohne sein Wissen wurden beim nächtlichen Besuch von Piroschka bei ihm diese kleinen Dinge aktiviert. Das Gehirn des Sprachlehrers war doch noch nicht ganz vom Alkohol aufgeweicht, so dass er seinem Wirt auf die Schliche kam mit der alten Geheimdienstanlage im Hotel.

So witterte dieser durch eine kleine Erpressung mit einer Bandaufnahme des Schäferstündchens Sandors manche weitere Gratisflasche Schnaps. Aber nach dem Mord am sympathischen Laszlo hörte für ihn der Spass auf. Er gab zu, von der alten Überwachungsanlage gewusst zu haben. Diese zu bedienen, war für ihn ein Kinderspiel. Warum wohl? War er früher auch ein Zuträger und Handlanger des Geheimdienstes oder gar selbst Mitglied?

„Wir stochern nicht mehr in diesen alten Kamellen herum!", meinte beschwichtigend der Chefkommissar. „Es käme dabei zu viel Unangenehmes ans Licht!"

„Vielleicht sogar bei dir?", fragte einer seiner Mitarbeiter.

„Pass auf, sonst fliegst du aus unserem Team raus!"

Luca wurde nach langen und bangen Tagen, nach einem Geständnis von Sandor, vorläufig auf freien Fuss gesetzt, musste sich aber für die weiteren Verhandlungen und Befragungen noch zur Verfügung halten.

Zum Glück erlebte er nicht selbst die Gegenüberstellung von Vater und Sohn Sandor. Diese war widerlich und grauenhaft. Zu was gegenseitiger Hass fähig machte dafür sind Worte allein zu schwach.

Urkomisch war die Verabschiedung von seinem Zellengenossen. Die beiden so unterschiedlichen Kerle umarmten sich tatsächlich kurz, während dieser zu Luca meinte: „Wenn auch ich draussen bin,

56

sprechen wir zusammen über die Zukunft dieses Hundes, der dich da reingeritten hat! Ich möchte dann nicht in seiner Haut stecken!"

„Sei ruhig, Nikola", mahnte Luca. „Sonst hängen sie dir schon jetzt wieder etwas an!"

„Gut, Luca! Niemand soll mir was anhängen, bis wir den Sandor aufhängen!"

Piroschka holte Luca an der sich quietschend öffnenden Gefängnistür, die in die vorläufige Freiheit führte, mit einem freudigen Lächeln ab. Ihm blieb vor Erstaunen der Mund offen, bis er endlich stammelte: „Du hier?"

„Ja, du kleiner Zechpreller! Du schuldest mir noch ganze zwölf Euro, die mir von meinem Gehalt abgezogen wurden! Entweder du lädst mich sofort zu einem Drink ein oder ich verklage dich, und du wanderst wieder hinter Gitter!"

„Piroschka, so heisst du doch wirklich, nicht? Ich gehe sofort wieder hinter Gitter, aber nur zusammen mit dir! Übrigens hat dein Chef versprochen, dir den Betrag wieder zurückzugeben!"

„Komm, Luca, du siehst blass aus und um deinen Mund hat sich ein harter Zug gebildet! Aber deine

Augen leuchten. Wir gehen nun wirklich an die frische Luft und essen und trinken etwas Anständiges!"

„Weißt du, warum meine Augen leuchten?"

„Weil du frei bist!"

„Nein, wegen dir!"

„Heuchler!", meinte Piroschka, aber dabei klopfte ihr Herz zum Zerplatzen vor Freude.

11

Als sie in einem gemütlichen Restaurant so vertraulich zusammensassen, als wenn sie sich seit langer Zeit kennen würden, schlug Luca vor:

„Wir trinken zusammen eine Flasche Stierenblut. Im Gefängnis gab es nur undefinierbare Brühen, die Tee, Kaffee oder auch zugleich Abwaschwasser sein konnten!"

„Stierenblut?", fragte Piroschka erschrocken. „Nein, dieser Wein schmeckt mir nicht!"

„Warum nicht? Es ist einer der besten ungarischen Rotweine! Kennst du ihn denn?"

„Ja, leider", meinte Piroschka, und schlug sich im gleichen Moment auf den Mund.

„Warum leider?"

„Luca, davon später! Wir haben uns viel zu erzählen! Ich habe Lust auf ein gutes Gulasch", meinte sie hastig.

„Einverstanden!", erwiderte Luca nachdenklich.

Bei einem angeregten Gespräch erfuhr Luca doch, wenn auch nicht im Detail, was Piroschka für ihn gewagt hatte. Seine aufkeimende Eifersucht und Wut auf Sandor wuchs mehr und mehr. Dies brannte stärker in seinem Inneren, als der scharfe Paprika des Gulaschs in seinem Mund.

„Darf ich dich küssen?", wollte er schliesslich Piroschka fragen. Aber dann nahm er sie wortlos in seine Arme und verschlang sie nahezu mit seiner Sehnsucht nach ihr.

Irgendein Idiot von Kellner meinte dazwischen: „Das Gulasch wird kalt!"

„Räumen Sie es ab!"

Sie hatten etwas geschwollene Lippen. Nein, nicht vom scharfen Gulasch! Bis schliesslich Luca fragte: „Ist Laszlo schon begraben oder in die Schweiz überführt worden?"

„Soviel ich weiss, liegt der arme Kerl immer noch in der Gerichtsmedizin! Bitte, lass uns von etwas anderem reden!"

„Nein, lass dich weiter küssen! Heftiger noch als zuvor!"

Das Hotel des Herrn Sandor wurde wegen „Todesfalls in der Familie" vorübergehend geschlossen. Luca holte dort sein spärliches Reisegepäck ab und fragte sich, wem und wie er nun wohl die Rechnung für den Aufenthalt begleichen sollte.

„Vielleicht wird dies mal eine Sache für den Europäischen Gerichtshof in Strassburg", spöttelte er. „Jedenfalls: hier stellt vermutlich in nächster Zeit niemand eine Rechnung aus, der eine Unterschriftsvollmacht besitzt! Also: Adieu Sauladen!"

Er wohnte vorübergehend bei Piroschkas Eltern in einer einfachen Wohnung im Stadtteil Pest. Diese beobachteten Luca und auch ihre Piroschka misstrauisch und mit Sperberaugen. Sie waren noch aus altem Holz geschnitzt und wollten wachen über die Ehre ihres Kindes. Es gefiel ihnen sowieso nicht, dass diese als Kellnerin arbeitete, wo jeder zweite männliche Gast sie mit lüsternen Blicken verschlingen konnte. Aber Arbeitsstellen sind rar, und alle brauchten Forint!

Nur, auch Sperberaugen oder Argusaugen werden einmal müde und schlafen ein. Und dann war die Nacht für Luca und Piroschka voller Zärtlichkeit, Liebe und Leidenschaft.
Offenbar erinnern sich meist überall ältere und dadurch natürlich auch reifere Leute nicht mehr daran,

dass sie in ihrer Jugendzeit ähnliches erlebt haben. Und wenn? Dann war das natürlich etwas ganz anderes! Logisch!

Sandor Junior übernahm später das einfache Hotel, denn dies stand ihm - nachdem sein Vater verstorben war - als Alleinerbe zu. Als erstes liess er alle Wanzen, alle Mikros, alle Abhörgeräte und Tonbänder, einfach alles inzwischen total veraltete technische Spielzeug herausreissen. „Dieser Dreck hat genug Unglück gebracht, und zwar bis heute!", dachte er, während er die Demontage persönlich überwachte. Ob dies ein beliebter Treffpunkt für seine Freunde wurde? Wer weiss das?

12

Lucas Eltern kehrten aus den Ferien in Tunesien zurück und fanden in Chur keinerlei Nachricht von ihrem Sohn vor. Dies war ungewöhnlich, denn dieser meldete sich regelmässig per SMS, Telefon oder Postkarte. „In Tunis kein Lebenszeichen von unserem Luca, und nun auch in Chur nicht. So kennen wir ihn doch gar nicht!"

Lazlos Eltern aber, Herr und Frau Ferenczy, stürmten bald ihr Haus und berichteten einend, wütend, ja, sogar schreiend, dass Luca mitschuldig sei am Tod ihres einzigen Kindes Laszlo. Es gab eine so heftige Auseinandersetzung, wie sie die sonst beschauliche Stadt Chur wohl selten erlebt.

Gottfried und Hannelore Müller, die ihrem ebenfalls einzigen Sohn einen für damalige Begriffe etwas aussergewöhnlichen Namen Luca mit auf den Weg gaben, um damit die ihrer Ansicht nach gewöhnlichen Namen Gottfried und Hannelore etwas aufzupolieren, wandten sich via Stadtbehörden schliesslich an das Aussenministerium in Bern, um ihren

Sohn als in Ungarn vermisst zu melden. Aufenthaltsort vermutlich Budapest oder in der Puszta!

Zu allem Übel kam hinzu, dass Luca von seinem Arbeitgeber einen Brief erhielt mit der Frage, wie lange dieser denn noch vom Büro wegbleiben wolle. Vereinbart waren nämlich zwei, höchstens drei Wochen. Wenn er sich nicht umgehend melden würde, so sei sein Job dahin. Ausnahmsweise sei nämlich endlich wieder mal ein Grossauftrag eingetroffen.

„Puszta", grinsten die Beamten in Budapest auf die Anfrage aus Chur beziehungsweise Bern. „Alle meinen auch heute noch, Ungarn sei eine einzige romantische Puszta, voller Ziehbrunnen, Wildpferde, Schafherden und Gänse. Dabei sind die kläglichen Überreste dieser einst berühmt-berüchtigten Sandebene gerade mal noch so gross, dass man sie als kleines Museum der früheren grossartigen Landschaft deklarieren kann!"

Tatsächlich ist der frühere Grossraum Puszta heute nur noch an ganz wenigen und kleinen Orten vorzufinden, wie zum Beispiel in Hortobagy. Der Boden in der Puszta bestand weitgehend aus Sand, und der Grundwasserspiegel lag sehr hoch. So konnten Bäume und Büsche das ganze Jahr hindurch gut mit Wasser versorgt werden und er ermöglichte auch die vielen typischen ungarischen Ziehbrunnen. Aber diese „alte Welt" ist heute auch nur noch ein Klischee aus vergangener Zeit. Schade, so wie für viele andere Klischees aus vielen anderen Ländern!

Trotz alledem: Piroschka und Luca wollten der elterlichen Zensur und Überwachung entfliehen. Sie vereinbarten einen Treff ausgerechnet in einem anderen kleinen Überbleibsel der Puszta, in das sie gestaffelt anreisen wollten, um nirgends aufzufallen.

Luca beruhigte seine besorgten Eltern mit einer SMS. Ein Telefongespräch wäre vermutlich vor allem für ihn zu unangenehm, zu kompliziert geworden und hätte zu lange gedauert..
„Ich bin wohlauf, brauche aber vor meiner Heimreise eine weitere Auszeit! In etwa drei Wochen bin ich gewiss wieder bei euch und habe viel zu erzählen!"
Sie mögen doch bitte sein Büro beruhigen. Und wenn dies nicht möglich sei, so sollten ihn dort „alle mal ..." und so weiter!

Damit waren die Eltern von Luca natürlich alles andere als beruhigt. Im Gegenteil: Sie liefen Sturm! Aber wo und wie konnte man ihren Sohn erreichen, der sein Handy vermutlich ausgeschaltet hatte. Dass er in Ungarn ausgerechnet in ein Funkloch gefallen war, glaubte wohl nur jemand, der technisch im vorigen Jahrhundert lebt. „Ungarn ist doch nicht auf der Rückseite des Mondes!", fluchte Lucas Vater ziemlich laut vor sich hin.

Nun, der Treffpunkt für die beiden Verliebten, wie es solche ihrer Ansicht nach seit „Romeo und Julia" überhaupt nie mehr gab, war gut gewählt und sogar etwas aussergewöhnlich.

Es gibt da nämlich in Ungarn noch ein weiteres kleines „Puszta-Inselchen", das sich ganz in der Nähe des bekannten Balaton, also des Plattensees, befindet, mit dem typisch ungarischen Namen Somogyvamos. Dort steht noch ein weiteres Inselchen im Puszta-Inselchen, nämlich eine steinalte Kirchenruine.

Jener Kirchenbau geht auf das dreizehnte Jahrhundert zurück und entbehrt darum in jener Gegend nicht einer gewissen Anziehungskraft für Touristen, Verliebte und Fotografen.

Der Plattensee ist heutzutage jährliches Ziel von etwa einer Million Ferienhungriger. Die Zeiten waren Gott sei Dank vorbei, als dort „nur" Touristen aus den „Bruderländern", vor allem aus der DDR, Urlaub machen konnten. Dies waren sowieso nur die Privilegierten, und gerade die waren meist verhasst: Parteibonzen oder sonstige Übereifrige des Bauern- und Arbeiterparadieses.

Was man kaum glaubt: Der Balaton ist der grösste See West- und Mitteleuropas! Nämlich zwölf Quadratkilometer grösser als der Genfersee und sechzig

Quadratkilometer umfassender als der Bodensee. Vielleicht zum Ärger der einen und vor allem zur Freude der Ungarn.

Luca und Piroschka schmiedeten bei jener uralten Kirchen-Ruine grosse Pläne für ihre grosse Zukunft.

„Zunächst möchte ich mit dir in die Heimat deiner Vorfahren, Piroschka!", meinte Luca schwärmerisch. „Ich finde in Siebenbürgen vielleicht auch einen Teil deiner Seele. Mich interessiert alles brennend, was mit dir einen Zusammenhang hat. Du bist nicht nur Ungarin, sondern hast von deinen Vorfahren auch noch Sinn, Geist und Blut anderer Nationen in dir. Das macht dich zur interessantesten Frau der Welt!"

„Hoffen wir, dass dies so bleibt. Wenn du alle meine Geheimnisse und Abgründe kennst, werde ich für dich vielleicht langweilig!"

„Ich beweise dir das Gegenteil! Auf nach Hermannstadt! Natürlich heisst dies heute Sibiu!
Eigentlich darf ich Budapest gar nicht verlassen. Ich muss doch den Polizeibehörden noch zur Verfügung stehen!"

„Ach was", lächelte Piroschka! „Die sind vermutlich froh, wenn sie dich loshaben. Diese Aufforderung hier zu bleiben ist doch reine Formsache. Du wirst sehen, es kräht kein Hahn danach, wenn du einfach weg bist. Zudem haben sie ja deine Heimadresse und können dort nachfragen!"

„Von wegen Heimat!", lächelte Luca zurück. Durch den regen SMS-Verkehr mit meinen Eltern und das viele tTelefonieren ist der Akku leer! Wo kann ich denn hier dieses Ding aufladen?"

„Vorläufig nirgends! Weißt du, wir stecken einfach in einem ‚Empfangsloch' für die nächste Zeit. Ist das eine gute Ausrede? Aber später möchte ich deine Heimat kennen lernen und damit auch etwas besser deine Seele und deren Abgründe!"

„Sag mal, was hast du denn deinen Eltern für einen Bären aufgebunden, als wir beide Hals über Kopf abgehauen sind?"

„Dass ich mit dir auf Bärenjagd gehe, aber trotzdem eine liebe und ehrbare Tochter bleiben werde!"

Was sonst noch geschah bei oder in der alten Ruine der Kirche? Liebe und nochmals Liebe, und zwar geistig und körperlich, in „Worten und Taten"!

Es war ein sonniger Tag, und die Touristen blieben lieber im Wasser des Balaton, als in der Hitze der ungarischen Tiefebene zu leiden. Die Folgen dieser Liebe wurden erst später bekannt. Denn wie und wo konnte man in jenem kleinen Flecken der Puszta Verhütungsmittel kaufen? Und eben auch einen Akku aufladen?

13

Sibiu, zu Deutsch Hermannstadt, ist heute wieder zweisprachig angeschrieben. Die Geschichte der Siebenbürger Sachsen begann um 1143, als die ersten Siedler diese Gegend erreichten. Und die Geschichte allein ergäbe vermutlich Dutzende von Büchern und Tausende von Dramen. Das Hin und Her zwischen dem Königreich Ungarn und dem Kaiserreich Österreich, Grenzverschiebungen zwischen Ungarn und Rumänien, Erster und Zweiter Weltkrieg, kommunistisches Regime in Rumänien, dies alles übertraf wohl noch bei weitem dem Ansturm der Türken, die die Stadt nie einnehmen konnten. Vielleicht wurde darum Hermannstadt damals auch als Bollwerk der Christenheit bezeichnet.

Wurden vor dem Zweiten Weltkrieg noch um 300'000 Deutsche in Siebenbürgen gezählt, so sind dies heute gerade mal etwa 15'000! Allein während des Zweiten Weltkrieges sind etwa 50'000 einfach „verschwunden"!

Der Gipfel des Menschenhandels geschah eigentlich in jüngster Zeit: Westdeutschland bezahlte dem rumänischen Diktator 10'000 Mark pro Person, welche er in die alte Heimat ziehen liess. Und solche mussten alle Vermögenswerte wie Immobilien und Mobilien aus Dankbarkeit gegenüber dem grosszügigen Halunken in Rumänien zurücklassen!

Und was kennen denn die Leute von heute noch von Siebenbürgen – oder auch Transsilvanien genannt? Wenn es hoch kommt vielleicht Graf Dracula!

Inzwischen ist Hermannstadt/Sibiu wieder eines der am meisten prosperierenden Gebiete Rumäniens. Viele deutsche Unternehmen sind ansässig, und was viele erstaunen lässt: sogar ein deutschstämmiger Bürgermeister wurde gewählt. Das ist für jene geschundene Gegend vielleicht das grössere Wunder als die versprochenen Millionen der EU.

Piroschka mit Luca fand trotz allen Suchens und Herumfragens das Haus ihrer Vorfahren nicht mehr. Auch alte Fotos und Strassennamen brachten nichts. Es erging ihnen nicht besser als vielen anderen Deutschen, die die Wurzeln ihrer Ahnen oder Erinnerungen an ihre Kindheit in Polen und im Baltikum, in Kaliningrad und anderswo vergeblich suchten.

Ist dies schlecht oder gut? Wer weiss das? Vielleicht gäbe dies weitere Reibereien, die sonst in der Welt genügend an jeden Ecken und Enden anzutreffen sind.

So wollten beide die Vergangenheit endgültig begraben und so schnell wie möglich von Hermannstadt via Wien nach Zürich, ins friedliche und schöne Bündnerland, zu reisen.

Aber da gab es einen Zwischenfall, der aus dem heiteren Himmel zuschlug. Piroschka verspürte seit kurzer Zeit eine wahre Fresslust und musste sich hernach ständig übergeben. Sie kotze sich fast die Seele aus dem Leib.

Ganz so naiv waren nun beide doch nicht, den Verdacht auf eine Schwangerschaft nicht in Betracht zu ziehen. Das war Freude und Schock zugleich!

14

Genau in diesem Schockzustand einerseits und im Freudentaumel zum andern trotteten und hüpften sie abwechselnd unvorsichtig über die Strassen, die inzwischen auch hier von Monat zu Monat mehr Verkehr schlucken mussten.

Piroschka wurde von einem unvorsichtigen Fahrer eines vermutlich im Westen gestohlenen Mercedes, der sich seines tollen Wagens bewusst war und in einem blödsinnigen Tempo auf sie zuraste, angefahren.

Sie überschlug sich auf der Motorhaube und wurde auf die Strasse geschleudert. Luca, der Piroschka im letzten Moment zurückreissen wollte, wurde selbst zwar nicht schwer verletzt. Aber beide wurden mit Blaulicht und Sirenengeheul ins nächste Krankenhaus eingeliefert.

Der Zustand von Piroschka war ernst, sehr ernst, wie die besorgte Miene des Chirurgen andeutete, als sie in den Operationssaal gefahren wurde. Luca kam mit

einigen Prellungen und mit einer leichten Gehirner-
schütterung davon.

Die nächsten Stunden des Wartens in dem vom Fortschritt noch nicht so beglückten Spital waren für ihn
die Hölle, denn sie schienen Ewigkeiten zu dauern.

Die schreckliche Nachricht des griesgrämigen und
verstörten Chirurgen hämmerte stundenlang in Lucas Herz und Hirn: „Herr Luca, ihre Verlobte ist
leider soeben verstorben! Wir taten unser Möglichs-
tes, aber die inneren Verletzungen waren zu gross.
Mein Beileid!"

Eine Beruhigungsspritze liess Luca nach krampfhaf-
ten Weinen und Toben wenigstens in einen unruhi-
gen Schlaf verfallen.

Später wurde ihm dann noch mitgeteilt, dass Piroschka vermutlich schwanger war. „Sind gegebenenfalls Sie der Vater?"

„Was soll diese saublöde Frage?", tobte nun Luca
erneut. „Wer denn sonst? Und nun lassen Sie mich
in Ruhe, und vor allem: Lassen Sie mich gehen. Ich
muss mit den Eltern von Piroschka in Budapest und
mit meinen Eltern in Chur reden!"

Zu allem Überfluss meinte der zuständige Oberarzt:
„Gemäss Polizei brauchen wir Sie noch als Zeuge

für die Abklärung des Unfalls! Wo übrigens liegt Chur?"

„In der Mongolei!", schnauzte Luca und bereitete seine heimliche Abreise nach Hause vor. Innerlich ertrank er in einem Meer von Tränen und tiefem Schmerz. Vermutlich war dies ein erstes Anzeichen einer tiefen Depression.

„Der Hund im Mercedes hat zudem noch Fahrer-flucht begangen!", schrie Luca bei der Polizeidirek-tion, Abteilung Verkehrsunfälle. „Dies ist ein Fall für die Mordkommission, nicht einfach ein Ver-kehrsdelikt!"

Man sprach in Sibiu vermehrt auch wieder deutsch. Entsprechend emotional und heftig entwickelte sich das Gespräch der Beamten mit Luca.

„Hören Sie, Herr Luca, hier fahren mehr gestohlene Wagen herum als rechtmässig erworbene. Das heisst nicht, dass sie hier vom Lenker nicht erworben wor-den sind, aber durch Schieberbanden, die unzählige Wagen im Westen klauen, hier umspritzen und ge-wisse Nummern an Motoren und Chassis wegschlei-fen, verkauft werden!"

„Aber die Kontrollen schränken sich doch ein!", knurrte Luca, sehr müde geworden von allem Schmerz und den unendlichen Palavern. „Es war ein dunkelgrauer Mercedes, vermutlich Modell S-420! Leider konnte ich mir das Kontrollschild nicht merken, denn der Lump raste davon wie ein Verrückter!"

„Waren Sie schon mal in Tirana, der Hauptstadt Albaniens?"

„Nein, was sollte ich dort?"

„Genau dort fahren inzwischen mehr gestohlene Mercedes herum als jeder andere Marke! Als nächstes kommen dann BMW und Audi! Die deutschen Autos sind beliebt, denn sie halten länger, auch bei unseren schlechten Strassen! Und von dort wird der Markt in halb Osteuropa beliefert!"

„Ist mir egal, dass macht Piroschka auch nicht mehr lebendig! Ich reise sofort nach Hause!"

„Nein!", befahl der Kommissar. Sie müssen sich hier für weitere Abklärungen zur Verfügung halten!"

„Hörte ich das nicht irgendwann schon einmal?", dachte sich Luca. Und laut meinte er: „Scheiss drauf! Sie können Ihre Abklärungen, die vermutlich doch zu nichts führen, auch ohne mich durchführen!"

„Das habe ich nicht gehört! Sonst verklage ich Sie noch wegen Beamtenbeleidigung! Und glauben Sie, unsere Gefängnisse hier sind nicht so komfortabel wie bei Ihnen in der Schweiz!"

„Weiss ich!", murrte Luca.

„Woher?"

„Aus einem Roman!"

„Blödsinn! Wir überprüfen Ihren Aufenthalt ständig in Ihrem Hotel! Sie bleiben im Land!"

Diese angedrohte „Überprüfung" war nicht sehr intensiv. Luca bezahlte die Hotelrechnung und reiste er still und klammheimlich zurück in die Schweiz. Auch am Flughafen wurde er nicht aufgehalten. Vermutlich waren die ermittelnden Beamten nicht unglücklich, den aufsässigen Schweizer loszuwerden. Was für weitere Abklärungen hätten sich denn auch ergeben als die Verständigung der Eltern Piroschkas und die Formalitäten zur Überführung der Leiche nach Budapest?

15

Man glaubt es kaum, aber Chur gilt als älteste Stadt der Schweiz! Man fand dort schon erste Siedlungen um 3000 vor Christus. Mit etwa 35'000 Einwohnern ist diese Stadt nicht weit herum bekannt, nicht mal weit über die Grenzen der Schweiz hinaus. Eigentlich schade, denn Chur war das erste Bistum nördlich der Alpen! Und früher eine der wichtigsten Nord-Süd-Verbindungen Europas!

Dies alles kümmerte im Moment Lucas Familie und ihn selbst herzlich wenig! Alle an den traurigen Vorkommnissen Beteiligten hatten so viel zu verarbeiten, nebst den Überführungen der Leiche aus Hermannstadt nach Budapest und der von Budapest nach Chur. Genug war zu tun mit dem ganzen Behörden- und Papierkram. Ja sogar mit den etwas trostlosen Trauerfeiern sowohl in Ungarn als auch in der Schweiz. Die innere Aufarbeitung aller durchlebten seelischen und körperlichen Strapazen war aber die grösste Anstrengung, und jeder hatte mit sich selbst genug zu tun.

Piroschkas Eltern zeigten nebst tiefer Trauer auch einen bodenlosen Hass auf Luca, obschon sie ihn für den tragischen Tod nicht direkt verantwortlich machen konnten. Die beiden Verliebten waren einfach im falschen Zeitpunkt am falschen Ort.

Besorgt sahen Lucas Eltern dessen innerlichen Zerfall und suchten krampfhaft nach einer Alternative für ihr einziges Kind. Sie meinten, den „Pfad der Erleuchtung" gefunden zu haben mit dem Vorschlag:

„Luca, trotz allem Kummer und Leid, dein Leben muss weitergehen! Die ganze grosse Zukunft liegt noch vor dir. Nutze sie! Du hattest doch immer einen Wunschtraum, nämlich die grenzenlose Freiheit in der Luft kennen zu lernen. Wir möchten dir einen Kurs zum Fliegen ermöglichen, damit du eine Pilotenlizenz für Kleinflugzeuge erlangen kannst!"

„Meinetwegen", knurrte Luca vor sich hin.

Eigentlich war ihm im Moment alles egal. Doch dann reizte ihn mit der Zeit der alte Traum vom Fliegen doch wieder etwas. „Wenn ich immer nur in tiefstem Schmerz herumhocke, lande ich eines Tages noch in der Klapsmühle!", dachte er und gab sich einen Ruck.

Seine theoretische und praktische Ausbildung führte ihn nach Zürich, ins Hochtal des Engadins mit seinen besonderen Anforderungen für werdende Piloten, und sogar nach Friederichfan am Bodensee und auch nach München.

Allmählich fand er etwas Abstand zu den dunklen Wolken vergangener Tage, auch wenn die Erlebnisse immer noch schmerzten und bedrückten.

Seine ersten Flüge, zunächst mit und später ohne Flugbegleiter, über die grossartige Alpenwelt, durchs Schweizer Mittelland, ja sogar ins nahe Ausland, öffneten ihm wirklich neue Gefühle und neue Horizonte.

Eines Tages kam Luca mit der verrückten Idee zu seinen Eltern: „Ich will mir eine kleine Sportmaschine, Typ Piper oder so, chartern und in kleinen Etappen nach Afrika fliegen. Mein Traumziel ist der riesige Kongo!"

Die Eltern wagten nicht, ihrem Luca diese Verrücktheit auszureden, aus lauter Sorge, ihn damit wieder in seine Depression zurückzureissen. Sie hofften und beteten sogar leise, dass er von selbst von dieser Idee wegkam. Aber Luca steigerte sich mit einer Begeisterung in diese Pläne, die fast an Fanatismus grenzte.

Er kaufte Bücher und Reiseberichte über den Kongo und umliegende Länder, die allein schon eine kleine Bibliothek ergaben. Er studierte Landkarten, Fluglinien, Wetterbedingungen, machte Studien über Spritverbrauch, über offizielle und inoffizielle kleinere Flugplätze abseits der grossen Flugrouten entlang einer Strecke über viele tausend Kilometer.

Der Tag des Aufbruchs kam! Der Charter-Firma gab er an, eine Flugreise bis nach Casablanca versuchen zu wollen, und damit ein neues Erlebnis zu wagen, wie er meinte und hoffte! Stirnrunzelnd wollte der Boss dieser Firma noch mehr Detailangaben für die Operation, die ihn etwas gar waghalsig dünkte. Aber Luca hatte sich inzwischen den Ruf eines guten Piloten erworben.

„Und Geschäft ist Geschäft!", lautete die Devise des Unternehmens, das inzwischen auch ziemlich heftig die Wirtschaftskrise spürte. Hätten dort die Leute vom endgültigen Reiseziel gewusst, so wäre zweifelsohne kein Vertrag gemacht worden, auch nicht mit der denkbar höchsten Mietgebühr samt teuerster Versicherungspolice.

16

Bei der jeweiligen Flugsicherung und all den vielen Towers gab Luca natürlich nie das Endziel seines Fluges an, sonst hätte ihn mancher Fluglotse für verrückt gehalten und vermutlich keine Starterlaubnis mehr gegeben. So hüpfte er von Ort zu Ort über Südfrankreich, Spanien bis nach Casablanca.

Von dort aus waren die jeweiligen kurzen Hopser in Bezug auf die ständige Ortung der Lotsen nicht mehr riskant. Nur grosse Verkehrsflugzeuge wurden auf den Schirmen begleitet und beobachtet, soweit die jeweiligen technischen Anlagen dies überhaupt zuliessen.

Kleine Privatflieger kümmerte niemand besonders. Warum denn auch? Da fliegt mancher Doktor von Farm zu Farm, oder mancher Grosswildjäger schwirrt herum. Und dies auf eigene Verantwortung. Auch Militärmaschinen, alte Kisten und neuste Modelle, je nach Finanzlage der betreffenden Länder, meinten, der riesige Luftraum sei nur für sie reserviert.

Über die unendliche Sahara flog Luca nicht. Wo denn zwischenlanden und wo Sprit auftanken? Aber der Küste entlang gibt es immer Möglichkeiten. Man musste nur zuvor eingehend recherchieren. Und natürlich zwischendurch auch mal schlafen und höllisch aufpassen, dass einem die Maschine nicht geklaut wurde.

Auch der Charterfirma teilte Luca seine endgültigen Pläne natürlich nie nicht. Die dortigen Verantwortlichen wurden sehr nervös, als sie tagelang keine Standortmeldung mehr erhielten. Aber die Leute waren gewisse Spinner gewohnt und warteten einfach vorerst ab.

So flog Luca nach Dakar, Conakry, Monrovia, Accra, Malabo, Libreville, Kolwezi, Likasi schliesslich nach Lubumbashi.

Aber die steten Lande- und Startgebühren und auch die Schmiergelder sowie die Kosten für Kerosin, das meist nur vorhanden war, wenn total überrissene Preise bezahlt wurden,
plünderten Lucas Reisekasse derart, dass er eines Tages in Lubumbashi, in einem äussersten Zipfel vom Kongo, der in das Land Sambia hineinreichte, nur noch mit einer geheimen Notkasse ankam. Kreditkarten waren in diesen verlassenen Orten ungefähr soviel wert wie eine alte Zeitung. Man kannte diese nicht oder wollte sie nicht kennen.

Total übermüdet, ausgehungert und vor Durst fast vertrocknet erreichte er dort ein kleines und ziemlich abgelegenes und für die meisten unbekanntes Flugfeld. Aber diese körperlichen Strapazen taten ihm gut, denn dabei wurde sein Inneres komischerweise etwas „gereinigt".

In Lubumbashi traf er seinen Freund Pierre Mukubako, mit dem er einige Semester gemeinsam an der Technischen Hochschule in Zürich studiert hatte. Sie standen in stetigem Mail-Kontakt, und Luca versprach ihm, irgend eines Tages bei ihm aufzutauchen, um einmal „real Afrika" kennen zu lernen.

Pierre, der sympathische junge farbige Freund aus dem Kongo, inzwischen 25-jährig, hätte als Architekt in seiner Stadt alle Hände voll zutun und auch hundert Ideen. Hätte, ja! Aber der Stadt und den Leuten fehlte meist das Geld zum Bauen, seien dies Strassen, Brücken, Brunnen und öffentliche Bauten oder private Häuser. Auch das Beseitigen der vielen Kloaken und damit der Brutstätten für unzählige Krankheiten, der Bau von sanitären Anlagen, das alles brannte ihm unter den Nägeln.

Zudem zählten zu seiner Familie neun weitere Geschwister, die samt seinen Eltern auf Geld und Erfolg ihres „berühmten Sohnes" hofften.

„Willkommen mein Freund", begrüsste Pierre Luca mit echter afrikanischer Herzlichkeit und Freude. „Ich habe dafür gesorgt, dass dein Flugzeug an einem gesicherten Ort aufgehoben wird. Aber hundertprozentig sicher ist bei uns nichts, trotz allem ‚Schmieren und Salben'. Wir können nur beten, dass du den Vogel für deine Heimreise wieder unversehrt antriffst. Aber jetzt reden wir noch nicht von der Heimreise! Jetzt will ich dir Afrika zeigen, wie es nicht viele Europäer kennen!"

Der Empfang in Pierres Haus war ein einziges Fest. Man glaubte, ein ganzer Stadtteil habe sich dort zur Begrüssung eingefunden. Und die Feier dauerte und dauerte. Man kennt hier einfach weder Uhr noch Zeit.

„Glückliche Leute", dachte noch Luca, ehe ihm nach vielen Stunden Feiern, Tanzen, Singen, Essen und Trinken die Augen zufielen!"

„Versteht meinen Freund", entschuldigte ihn Pierre. „Er ist seit vielen Tagen unterwegs und jetzt einfach hundemüde!"

Obwohl dies eigentlich niemand verstehen konnte, gaben sich alle die Mühe, Rücksicht zu nehmen. Geflüstert aber wurde:

„Komische Leute, diese Europäer! Was ist denn das für ein Leben, wenn man keine Zeit zum Feiern hat? Was wissen wir denn, was morgen ist? Seit Hunderten von Jahren wollen sie die ganze Welt beherrschen und sind zu müde zum Feiern!"

17

Welcher durchschnittlich gebildete Mensch hat schon jemals was gehört von Lubumbashi? Früher trug die Hauptstadt der rohstoffreichen Region Katanga den Namen Elisabethville. Der Ort zählt heute um die eineinhalb Millionen Menschen. Niemand weiss dies so genau. Wozu auch?

Die Stadt und ihre Umgebung ist ein Zentrum der Kupferherstellung. Auch Abbau von Kobalt und Zink werden betrieben, und zwar zu oft scheusslichen Bedingungen für die geschundenen Arbeiter. Aber es galt: Entweder arbeiten und schuften unter unmenschlichen hygienischen und gesundheitsschädigenden Bedingungen oder hungern, wenn nicht gar verhungern.

Manchmal verhungerten viele trotzdem! Besonders wenn wieder einmal Rebellenbanden und Söldner verschiedener Interessengruppen ihr oft satanisches Wesen trieben.

Man schätzt allein für die letzten paar Jahre etwa drei Millionen Tote in der Demokratischen Republik

Kongo, und dies wohlverstanden ohne offiziellen Krieg. In den Zeitungen der westlichen Welt findet man darüber ab und zu vielleicht einige wenige Zeilen. Die Weltpolitik spielt dort momentan halt keine grosse Rolle, nur der Rohstoffkrieg. Söldner und bewaffnete Banden aus unzähligen Nachbarstaaten und aus aller Herren Länder treiben dort ein wirklich teuflisches Spiel. Selbst verblendet von ihrer sogenannten politischen Mission, aber oft auch geblendet durch versprochenen fürstlichen Sold. Trifft dann dieser nicht ein, so gehen das Plündern und Morden, die Vergewaltigungen und alle weiteren Gräuel umso heftiger weiter.

Nun, Grossartiges zu sehen gibt es in Lubumbashi vor allem für einen Europäer kaum, ausser vielleicht das farbenprächtige und an Gerüchen aller Art durchschwängerte Markttreiben mit unendlichem Menschengewimmel und einem Lärmpegel sondergleichen, der aber bei weitem nicht so unangenehm ist wie der Verkehrslärm in anderen Grossstädten der Welt.

Und wer kennt in dieser Provinz Katanga weit draussen im Busch die Dutzenden von einfachsten Dörfern? Oder sind es Hunderte oder gar Tausende? Dort ist auch die offizielle Amtssprache Französisch kaum mehr anzutreffen. Diese endet meist schon einige wenige Kilometer hinter den grösseren Zentren.

92

Luca sollte einen kleinen Teil davon kennenlernen. Pierre wollte wieder einmal einen näheren Verwandten mit seiner Grossfamilie in einem solchen Dorf besuchen. Weit weg, abgeschnitten von jeglicher Zivilisation, oft unerreichbar wegen Strassen, die bei Regen zu Brei und Matsch wurden, wegen Holzbrücken aus ein paar halbfaulen Bohlen, die jederzeit zusammenkrachen konnten. So konnte eine solche Reise schwieriger werden als ein NASA-Flug zum Mond. Jetzt aber sollte die Reise glücken. Die Strassen waren befahrbar. Strassen? Welch ein grosses Wort!

Die beiden benötigten mit ihrem verbeulten, aber robusten Landrover, bestückt mit Ersatzkanistern Treibstoff und einem kleinen Arsenal von Ersatzteilen, pro zwanzig Kilometer Weges oft eine gute Stunde. Ihr Dorf aber lag etwa 400 Kilometer entfernt. Nach einem Drittel des Weges brach plötzlich die stockfinstere Tropennacht herein. Es wäre lebensgefährlich, so weiterzufahren. Ausserdem taten ihnen vom ständigen Durchschütteln und Geholper alle Knochen und Muskeln weh.

Umschwärmt von vielleicht Milliarden von Mücken machten sie das Licht aus. Auch die Batterie musste natürlich geschont werden. Vielleicht waren Pierre und Luca im Dunkeln auch nicht mehr so interessant für diese Viecher und Malariaüberträger.

Nach dem „Genuss" von lauwarmem Mineralwasser und einer Banane versuchten sie etwas zu schlafen. Aber die Geräusche der Nacht in diesem Halbdschungel waren vielfältig und manchmal sogar unheimlich. Das quackte und zirpte, das heulte und brummte, das zischte und fauchte ununterbrochen. Hinzu kamen für Luca noch ein weiteres Dutzend Laute und Geräusche unbekannter Art, die gerade dadurch noch unheimlicher waren. Sie mussten die Fenster des Landrovers geschlossen halten, um ungebetene „Besucher" fernzuhalten.

In diesen endlosen Stunden der Nacht kam Luca mit Pierre auf das zu sprechen, was diesen oft plagte. Nämlich die unendliche Arbeit als studierter Architekt in den grossen Städten und auch in den Dörfern. Ausbau der Infrastruktur, damit eine bessere Distribution möglich wird. Dadurch weiterer Ausbau und Aufbau der hygienischen Verhältnisse und Bekämpfung von Hunger und Krankheit.

„Die Entwicklungshilfe, die ohnehin zurückgegangen ist seit den Ende des Kalten Krieges, verpufft meist an der Korruption der Oberen und an der Unmöglichkeit, konkret verteilt und ins Land hineingetragen zu werden", meinte Luca.

„Ich weiss, ich weiss!" entgegnete Pierre. „Aber wie sagt ihr? Rom ist auch nicht an einem Tag gebaut

94

worden! Und das ist bei uns nicht einfach die Träg-
heit einer anderen Rasse, glaube mir! Guter Wille
wäre da. Mehr und mehr denken vor allem jüngere
Leute so! Aber man will den Fortschritt vielleicht
gar nicht. Wenn die Massen über das tägliche armse-
lige Leben hinaus zu denken beginnen, könnten diese ja eines Tages gefährlich werden!

Aber komm und sieh! So unglücklich sind die Leute
gar nicht, wie ihr in eurem westlichen Denken immer meint. Im Gegenteil: Sie sind zufriedener und
fröhlicher als viele, die im Wohlstands- und Informationsmüll untergehen! Wie lange noch, das weiss
Gott allein!"

Allmählich stockten die Gespräche. Die Nacht war
feucht und schwül, und dadurch wurde die Hitze in
ihrem kleinen Käfig unerträglich und die Luft war
zum „abschneiden". Zudem „sollten" sie mal, denn
auch hier rührte sie ab und zu ein menschliches Be-
dürfnis. Aber keiner getraute sich in die stockdunkle
Nacht hinaus und „klemmte und verklemmte". Irgendwann aber fielen den beiden doch die Augen zu.

Beim sofortigen Start beim ersten Tageslicht und
nach insgesamt etwa zwanzig Stunden reiner Fahr-
zeit meinte Pierre: „Luca, wir sind am Ziel! Vor uns
liegt das Dorf!"

„Ich sehe kein Dorf! Wo siehst denn du ein Dorf?",
erwiderte Luca verwundert.

„Guck doch mal recht hin! Ihr Europäer habt einfach
mit oder ohne Brille schlechte Augen. Typische Zi-
vilisationskrankheit. Zwischen und unter den Bäumen und Sträuchern sind viele kleine braune Hütt-
chen auszumachen! Lehmhäuschen mit Strohdach,
selbst gebaut und standhaft bis zum nächsten grossen Regen!", lächelte Pierre.

„Hat das Dorf überhaupt einen Namen?"

„Das ist hier nicht so wichtig! Nyabundu oder so
ähnlich! Man kennt hier keine Strassennamen und
keine Hausnummern wie bei euch. Hier wird man
geboren und früher oder später begraben! Hier gibt
es keine Elektrizität, kein fliessendes Wasser, keine
Zeitungen, kein Telefon, kein TV, kein Internet!
Doch, halt! Einzelne Handys, glaube ich, gibt es
auch bereits hier und machen langsam das idyllische
Dorfleben kaputt! Manche der jungen Leute zieht es
magisch in die nächste grössere Stadt. Und dort ent-
stehen dann weitere Slums, denn Arbeit findet kaum
einer und viele Träume platzen wie Seifenblasen."

„Wie viel Einwohner hat denn das Dorf?"

„Das weiss niemand so recht. So weit zählen kann
hier kaum jemand. Einmal in der Woche kommt ein

sogenannter Lehrer für ein paar Stunden vorbei und unterrichtet unter einem Baum, wenn es nicht gerade regnet!

Aber komm jetzt! Ich kann mir vorstellen, du hast noch tausend Fragen. Manche beantworten sich von selbst, wenn wir ein paar Tage hier sind!"

18

Das kleine oder vielleicht doch grosse Dorf mit dem unaussprechlichen Namen ist ein einziges Wunder für einen übersättigten und manchmal auch etwas zynisch gewordenen Mitteleuropäer.

Um es auf einen Hauptpunkt zu bringen: Wenig oder gar keine Bildung und dadurch Intelligenz, aber zum Teil grosse Lebensweisheit!

Der in Städten oft anzutreffende unglaubliche Dreck und Schmutz ist hier nicht zu finden! Die Hütten sind für unsere Begriffe zwar ärmlich, aber sauber! Man schläft darin wie ein König mit gutem Gewissen. Aber eben, wo gibt es solche „Könige"? Der oft einzige Raum ist unterteilt mit „Wänden" aus geflochtenem Material. Und nachts kann es schon vorkommen, dass es in diesen Wänden mal etwas summt, brummt und kribbelt von allerlei Kleingetier, oder dass mal eine Maus vorbeihuscht. Schlafe einfach tief, wenn dir eine mal sogar über den Bauch kriecht. Das gehört dort zum Leben wie bei uns die Katze oder der Hund. Keinem der Dörfler würde es einfallen, sich daran zu stören.

„Das mit den Mäusen erlebte ich einmal bei uns im Militärdienst, als wir in einem Zelt an einem Waldrand übernachten mussten!", meinte Luca, äusserlich ruhig, aber innerlich doch besorgt.

„Die Mäuse hier sind aber vermutlich etwas grösser als bei euch, weil auch das Land einiges grösser ist!", lachte sein Freund.

Aber Luca störte sich anfänglich sehr an dem Gesumme und dem Krabbeln an den Bastwänden seiner Hütte. Er begann mit einem Insektenspray aus seinem Afrikagepäck die Wände zu besprühen. Dies hätte er besser bleiben lassen, denn jetzt begann ein Zirkus sondergleichen. Was vorher ein leises Summen war, wurde jetzt zu einem Kreischen und wilden Herumfliegen und Herumkrabbeln, wie er dies noch nie gesehen und erlebt hatte. Es wurde für ihn eine Nacht voller Schrecken, voller Erlebnisse und ohne Schlaf.

Pierre lachte seinen Freund beim Frühstück bei gestampftem Maniok und Ziegenmilch tüchtig aus.

„Du weist doch als gebildeter Mensch auch, dass selbst in deiner hochmodernen Matratze zu Hause in deinem Bett unzählige Milben, Bakterien und weiss der Himmel was steckt. Und trotzdem schläfst du gut. Bei uns sind diese Dinger einfach etwas grösser, sichtbarer und hörbarer. Aber man gewöhnt sich daran. Und was von beiden Arten schädlicher ist, darüber hat meines Wissens noch niemand eine Doktorarbeit geschrieben!"

„Ich weiss, ich muss hier noch viel lernen!", gab Luca etwas verschämt zu.

Wirklich, das Lernen ging weiter!

Pierres ganzer Familienclan feierte seine Ankunft und die des weissen Mannes. Eigentlich wollte vermutlich das halbe Dorf verwandt sein. Dieser hatte die Gespräche übersetzend, hin und her laufend zu schwatzen und kam kaum zum Essen und Trinken. Geschichten wurden erzählt, die manchmal so unglaublich klangen, dass sie fast wieder glaubhaft wurden.

Luca musste mal! Das ihm fremde Essen forderte seinen Tribut. Aber wo? Erst jetzt merkte er, dass hier weit und breit keine Toilette zu sehen war. Auf seine Frage an Pierre nach dem wo, lachte dieser schallend und wies auf einer der Bäume in der Umgebung.

„Geh dort in Deckung! Und Toilettenpapier gibt es hier leider auch noch nicht. Aber es wächst Gras unter den Bäumen. Einfach aufpassen, dass du mit dem Gras nicht irgendwelche giftigen Käfer, Skorpione oder gar kleine Schlangen erwischt!"

Als weitere Erklärung fügte Pierre hinzu: „Die Leute hier waschen und reinigen sich übrigens hier am Fluss. Boiler für Heisswasser werden vermutlich erst in hundert Jahren geliefert. Aber pass auch dort auf! Ab und zu werden auch Wasserschlangen und Krokodile neugierig, was die Menschen am Ufer so alles zu tun haben!"

„Das Leben hier ist ja lebensgefährlich!", meinte Luca.

„Ist es überall, mein Freund! Oder ist bei Tempo 200 auf den deutschen Autobahnen die Sache nicht noch riskanter? Alles eine Sache der Perspektiven!"

In den endlosen Gesprächen – oder wie wir etwas respektlos sagen wollen – bei den endlosen Palavern, bei einfachen Speisen, bei denen man immer vorerst die Fliegenschwärme verscheuchen musste, kamen so viele neue Erkenntnisse und Lebensanschauungen auf Luca zu, dass sein Staunen und allmähliches Begreifen kein Ende nahm. Diese abendlichen Essen und Plaudereien hatten es wahrhaftig in sich.

„Hier ist wirklich eine andere Welt", sinnierte Luca. Niemand störte sich beim Essen, dass oft riesige Kakerlaken vorbeihuschten, dass an allen Lehmmauern zahllose Geckos klebten und auf Beute lauerten, an vorbeiflitzende Eidechsen, von einer Grösse, die für Luca nahezu wie kleine Drachen oder Fabelwesen aussahen. Alles gehörte wie selbstverständlich zum Dorfbild.

Nur wenn irgendwo aus dem Gebüsch ein etwas hungrig gewordener Löwe knurrte und fauchte, dann wurden selbst die Eingeborenen unruhig. Der „König der Tiere" verschaffte sich auch heute noch Respekt bei den Eingeborenen, wenn nicht sogar Angst.

„Die Löwinnen, vor allem wenn sie Nachwuchs haben, sind viel gefährlicher als der Herr Löwe mit seiner wallenden und stolzen Mähne", erklärte Pierre. „Während die Herren Löwen meist faul schlafen, sucht die Mutter für ihren Nachwuchs Futter."

„Ist ja eigentlich ähnlich wie bei gewissen Herren in manchen Ländern!", erwiderte Luca lächelnd.

„Siehst du, man findet überall Parallelen", meint Pierrebenfalls grinsend zurück.

Grosse Freude und tiefe Trauer waren alltäglich und nahe beieinander. Geburt und Sterben, Werden und Vergehen auch!

Die Stimmung beim gemeinsamen Feuer am Abend und in der Nacht unter dem weiten und klaren Sternenhimmel erweckte nahezu religiöse Gefühle. Man bekommt dabei ein Ahnen von einem Schöpfer und seiner Schöpfung.

Man merkt auch, Armut ist nicht einfach Armut, und Reichtum ist nicht wirklich ein Grund zum Glück und schon gar nicht zur Zufriedenheit. Die Leute hier sind fröhlich und lachen viel. Aus der Sicht der westlichen Welt hätten sie tatsächlich nichts zu lachen!

„Weißt du, weisser Mann", erklärte einer der vermutlich ältesten Dorfbewohner mit zerfurchtem Gesicht und praktisch zahnlosem Mund sowie vermutlich bereits klapprigen Knochen, aber mit fester Stimme: „Manchmal haben wir kaum etwas zu essen. Aber das kümmert die Regierung nicht. Diese wissen vermutlich nicht mal etwas über unsere Existenz. Wenn wir krank werden, so sind weit und breit kein Arzt und keine Medizin zu finden. Und wir sterben an jeder Kleinigkeit wie die Fliegen. Die Oberen sind alle samt und sonders korrupt. Was bleibt uns also? Nur noch der Glaube an Gott.

Und selbst da haben viele unserer Priester unsere Dörfer verlassen. Sie sind alt und gebrechlich geworden oder sie zogen in die nächste Stadt, weil sie dort mehr Einfluss haben, nicht nur auf die Gläubigen, sondern auch in der Politik. Ich habe in meinem ganzen Leben noch nie einen Mullah oder einen Bischof in unserem Dorf gesehen!

Aber vor einiger Zeit kam ein Missionar zu uns, Mitglied einer Kirche, von der wir bisher nichts gehört haben. Er hatte eine liebevolle Ausstrahlung, ein Wort, das in die Seele fiel. Bei euch nennt man so jemand einen Laienprediger! Wir fühlten: Der schätzt und liebt uns, so wie wir sind. Trotzdem beobachteten wir ihn anfänglich misstrauisch. Kommt er wieder? Nimmt er die unglaublichen Wege und Strapazen der Reise wieder auf sich, von Europa zu uns? Ist er einfach ein ‚Seelenfänger'? Geld, Ruhm und Ehre kann er bei uns nicht holen. Siehe da, er kam und kommt immer wieder. Und darum ist dieser Mann echt und wir glauben ihm."

„Wo ist denn eure Kirche? Ich habe keine gesehen!", fragte verblüfft Luca.

„Wir versammeln uns unter einem Baum zum Gottesdienst. Jesus hat dies ähnlich getan! Auf einem Berg, oder am See! Weißt denn du das nicht? Du bist doch auch Christ! Vielleicht bauen wir eines Tages eine Kirche. Aber das ist nicht das Wichtigste!"

„Ich will mal wieder in der Bibel lesen", gelobte sich Luca. „Die Leute hier besitzen nicht mal eine solche oder können auch nicht lesen und sind doch so gläubig!"

19

„Ich lerne hier in ein paar Tagen mehr für das Leben, als in der Hochschule in drei Semestern", meinte Luca zu seinem Freund Pierre. „Manchmal hat man den Wunsch, hier gar nicht mehr wegzugehen!"

„Siehst du, so ergeht es mir immer! Aber dann ruft wieder die ‚andere Welt' mit ihren Bequemlichkeiten, ihrem Fortschritt und ihrem Wissen. Kaum ist man dort, so hängt mir der ganze Konsumrausch und Informationsmüll wieder zum Hals hinaus! Ich bin ständig hin und hergerissen!"

„Ich beginne sehr, dich zu verstehen, denn ähnliche Gefühle werden in mir wach! Sag mal: Glaubst du an ein Weiterleben nach dem Tod und an eine höhere Macht?"

„Aber natürlich! Und du?"

„Immer mehr, besonders nach dem Durchleben in der letzten Zeit, Grauenvolles und Wunderschönes! Aber sag mir mal Pierre: Du hast Hochschulausbildung, du kennst inzwischen einen Teil der Welt, auf deine Stimme wird doch gehört. Warum wehrst du dich nicht an geeigneter Stelle für deine Leute hier im Dorf?"

„Auch ich finde Trost im Glauben. Das Unkraut muss mit dem Weizen reif werden zur Ernte. Einmal kommt die gerechte Abrechnung für alles! So sprach auch Jesus!"

„Man müsste wirklich mal in der Bibel lesen!"

„Ja, aber die Leute hier können kaum lesen und besitzen auch keine Bibel. Und wenn, dann sind die Bücher eines Tages von den Termiten zerfressen! Bringst du mir bei einem nächsten Besuch eine mit?"

„Ein Dutzend, wenn du willst!"

„Siehst du, Luca, Ausrufen und Protestieren nützt bei uns etwa soviel, wie wenn ein Frosch im Sumpf quackt oder ein seltener und komischer Vogel im Urwald trillert! Oder, wenn du Pech hast, wirst du sogar noch eingesperrt oder du verschwindest einfach! Ich vertraue auf eine höhere Macht! So, und nun genug ‚gepredigt'! Lass uns auf die Jagd gehen, damit wir etwas Leckeres zu essen haben!"

„Nur noch eine Frage: Kennst du diesen Laienprediger aus Europa, der sogar hierher kommt?"

108

„Aber natürlich! Er und andere kommen auch zu uns nach Lubumbashi. Dort haben wir eine einfache, aber grosse Kirche, die sonntäglich voll besetzt ist!"

„Warum bauen die denn hier keine Kirche?"

„Weil der Missionar sagt, dass man hier besser zuerst einen Ziehbrunnen und eine Wasseraufbereitungsanlage bauen sollte, vielleicht sogar eine kleine Apotheke mit Schmerz- und Fiebertabletten gegen Malaria einrichten müsste, und erst nachher eine Kirche bauen soll! Er meinte, ein hungriger Bauch und ein Schmerzgeplagter brauchen zuerst etwas zum Essen und etwas gegen die Schmerzen, bevor man mit Psalmwörtern aus der Bibel daher kommt!"

„Klingt sehr vernünftig!", meinte Luca. „Der Mann wird mir immer sympathischer, ohne ihn zu kennen. Aber beim Stichwort Ziehbrunnen dachte er sofort wieder an die Puszta, vor allem aber an Piroschka.

„Übrigens, der internationale Sitz dieser Kirche soll in deiner Heimat, der Schweiz sein! Dort allerdings werden diese Leute als Sektierer bezeichnet. Macht nichts, auch die Urchristen erhielten diesen Titel! – He, Luca, wo bist du in Gedanken?"

„Hier, bei dir und in unserem Dorf! Aber auch ein wenig in Ungarn! Frag mich bitte nicht warum, sonst ist für uns beide der Tag gelaufen oder sogar kaputt!"

20

Sie schossen eine relativ junge Gazelle, das heisst, den sogenannten Fangschuss brachte Luca an. Die Kugel von Pierre verletzte nur ein wenig ein Ohr des Tieres.

„Man sieht, du bist ein guter Schütze", bemerkte Pierre die Treffsicherheit seines Freundes anerkennend.

„Logisch! Weißt du nicht mehr aus deiner Studienzeit, dass das grösste Schützenfest der Welt in der Schweiz stattfindet? Das sogenannte Eidgenössische Feldschiessen, absolut freiwillig, an dem immer noch gegen 200'000 Männer und neuerdings auch Frauen teilnehmen?"

„Es ist überhaupt ein Phänomen, dass in deinem Land jeder Milizsoldat sein Gewehr mit scharfer Munition zu Hause im Schrank aufbewahrt. Man schätzt ja, dass über eine halbe Million dieser Waffen herumliegen. Und trotzdem geschieht relativ wenig!"

„Ab und zu erschiesst mal ein Mann seine Frau! Aber sonst passiert wirklich selten ein Unglück oder gar ein Mord!", erwiderte Luca.

„Du bist ein Spassvogel! Dabei weiss ich von meiner Zeit bei euch ganz genau, dass dies ein heissumstrittenes Problem ist, das einer neuen Lösung harrt!"

„Neue Lösungen brauchen bei uns vermutlich mehr Zeit als bei euch in Afrika! Frag mich mal in fünfzig Jahren wieder, ob die ersten Ansätze dazu konkret geworden sind!" Luca meinte dies nicht etwa verbittert, sondern eher mit einem verborgenen leichten Stolz auf seine Heimat.

„So, und nun lass uns diese erlegte Gazelle zur besten Köchin des Dorfes bringen. Ich sage dir: Dieses Fleisch schmeckt besser und zarter als bei euch das feinste ‚Zürcher Geschnetzelte' aus Kalbfleisch!"

„Daran magst du dich noch erinnern? Aber zu jener Spezialität fehlt hier der Weisswein für die gute Sauce!"

„Dafür mischen wir ein paar nur für Weisse giftige Beeren hinzu. Nachher werden wir dich gleich in einem grossen Kessel mitkochen und fressen! Du hast doch sicher schon davon gehört, dass es hier in versteckten Winkeln des Kongos noch Menschen-

112

fresser geben soll. Vielleicht bist du ja in ein solch verwunschenes Gebiet geraten!"

„Es gibt Schlimmeres als Menschenfresser in dieser Welt!", meinte Luca versonnen, anstatt über den Humor seines Freundes zu lächeln.

„Mein Freund, du bist in Gedanken weit weg! Was ist mit dir? Schmerz, Enttäuschung, Liebeskummer?"

„Alles!"

„Bist du deswegen abgehauen und zu mir gekommen? Um zu vergessen?"

„Nicht nur, aber auch!"

„Gut, ich werde nicht in dich dringen. Wenn du willst, und wenn es dich erleichtert, kannst du jederzeit davon erzählen!"

„Du bist wirklich ein wahrer Freund, Pierre!"

21

Zuerst schlugen sich die Menschen mit einem Knüppel oder mit einer Keule den Schädel ein.
Dann kamen die Streitaxt, die Lanze, Pfeil und Bogen und schliesslich das Schwert dazu.

Nachdem das Schiesspulver, angeblich erst zu friedlichen Zwecken, erfunden wurde, nahm die Kriegsführung ganz neue Dimensionen an. Von der Muskete zum Hinterlader, dann zum Schellfeuergewehr und zu immer moderneren, grösseren und weiter reichenden Kanonen.
Schliesslich Panzer, Flugzeuge und Raketen, sogar mit Nuklearsprengköpfen. Man dirigiert heute bereits via Satellit bewaffnete Drohnen, die in 10'000 Kilometern noch ihr Ziel erreichen. Wann kommt der Roboter-Soldat? Und wann nimmt der ganze Wahnsinn ein Ende?

Es waren Pygmäen, die vermutlich aus der östlich gelegenen Provinz Luapula in Sambia durch die Wälder streiften oder gar dort vertrieben wurden. Und sie trugen und hantierten mit modernen Gewehren. Vermutlich wussten sie gar nicht, dass sie eine

Staatsgrenze überschritten hatten und bereits in kongolesischem Gebiet waren. Überall wurden diese kleingewachsenen Menschen, höchstens 140 bis 150 Zentimeter gross und von etwas anderer, eher kupfernen Hautfarbe, von den anderen Stämmen allmählich vertrieben, wenn nicht gar ausgerottet. Man schätzt, dass heute in ganz Afrika nur noch etwa 150'000 leben, vor allem im Kongo und einigen wenigen Nachbarländern.

Wer hatte ihnen wohl nur diese Gewehre gegeben und für was für einen Preis? Vielleicht für Rohdiamanten oder Elfenbein? Welche Rebellen standen dahinter? Das wird wohl kaum jemals jemand erfahren, wie so vieles, was in Afrika geschieht.

Sie kamen wie Schatten aus den Bäumen und schossen grundlos wild um sich und auf alles, was sich bewegte. Auf die Frage nach dem Warum hätten sie wohl kaum eine schlüssige Antwort gefunden. Vielleicht Rache für alle Demütigungen und Verfolgungen. Dass eine solche Rache wieder einmal mehr die Falschen traf, was wussten denn diese vermutlich vielgeplagten Menschen? Sie wurden ja nicht nur von Weissen aus ihrem Lebensraum verdrängt, sondern auch von schwarzen Stämmen, die ihrerseits wiederum aus Gebieten verdrängt wurden.

Gibt es dies wirklich noch in Zeiten der Satelliten-Überwachung und Google Earth? Vermutlich, denn was sehen diese Augen aus dem All? Ein undurchdringliches Grün und Blätterdach, das niemand interessiert, weil dort keine Rohstoffe vermutet werden. Wenigstens bis heute nicht.

Pierre und Luca sowie einige wenige Andere besassen auch Schusswaffen. Warnschüsse halfen hier nichts! Im kompletten Durcheinander und Geschrei waren auch gezielte Schüsse unmöglich. Pierre und seine Leute wollten nicht töten, nur aufhalten und schlimmstenfalls verletzen. Leider gelang dies nicht.

Dann sahen die Pygmäen Luca und waren augenblicklich wie vom Donner gerührt!

„Gibt es so bleiche und so grosse Menschen?", fragten sie sich vermutlich mit erschrockenen Augen und mit gelähmten Gliedern. Oder ist dies eine Art Gott?

Sie konnten ja nicht wissen, dass vor 500 Jahren die Ureinwohner Amerikas ähnliches dachten, als sie Kolumbus und seine Seefahrer sahen und ihnen zu Füssen fielen.

Wie von Zauberhand wurde die Schiesserei eingestellt, als diese kleingewachsenen Menschen den ersten weissen Mann in ihrem Leben sahen. Darum war deren Überwältigung relativ leicht.

Trotzdem waren auf beiden Seiten Tote und Verwundete zu beklagen. Eine Sprachverständigung war nicht möglich. Es ist aber erstaunlich, was ohne ein Wort zu sprechen mit Gestik und Mimik alles mitgeteilt werden kann. Die Hände und Arme nach oben gerichtet, die Hand aufs Herz als Zeichen des Friedens, ein freundlicher Blick, ein demonstratives Niederlegen aller Waffen!

Über die nächsten Stunden fand eine Versöhnung statt, nicht eine Kapitulation und ein Friedensschluss nach westlicher Art, die jeden Menschen aus der Zivilisation erstaunen würde. Es folgte eine gemeinsame Beerdigungszeremonie, ein gemeinsames Essen, das auch die Pygmäen erstaunte und beeindruckte. Eine Art Götterglaube, eine Art Gebet, das kannten sie auch. Aber für sie war hier die Bestattung der Gefallenen so würdevoll, die Pflege der Verwundeten mit einfachsten Heilkräutern und schmerzstillenden Salben so liebevoll, dass die kleinen Gestalten aus dem Staunen nicht mehr herauskamen.

In wenigen Tagen wurden aus Feinden Freunde. Und in wenigen Tagen wurde die Verständigung auch rein sprachlich besser. Die Menschen hier brauchen keinen unendlichen Wortschatz, um sich ausdrücken und verständigen zu können. Zählt eine Kultursprache hunderttausend und mehr Wörter, Einzahl, Mehrzahl, Vergangenheits-, Gegenwarts-

118

und Zukunftsform, Genitiv, Akkusativ, Nominativ und weiss was alles, so genügen oft in Eingeborenensprachen mit ihrem einfachen Leben wenige hundert Worte und Begriffe.

Einige der Pygmäen wollten in diesem Dorf bleiben, was ihnen gestattet wurde. Andere zogen weiter. Weiter ins Ungewisse!

22

Das Dorfleben ging auch weiter. Nichts Sensationelles mehr, Gott sei Dank, aber urwüchsiges, freundschaftliches und herzliches Leben und Erleben. Ein Kind wurde geboren, und alle freuten sich über den neuen Erdenbürger, obschon diesen vermutlich ein Leben unter armseligsten Bedingungen erwartete. Die Mutter starb bei der Geburt, weil diese schon von etlichen Malariaanfällen und starken Fieberschüben zuvor sehr geschwächt war. Und alle trauerten echt. Aber das einfache Leben ging danach weiter; und die meisten nahmen ergeben alles Schöne und Tragische aus einer anderen und höheren Hand.

„Solche einfältigen Menschen, die das können, sind eigentlich zu beneiden!", wird da sicher manch einer denken. Sicher! Aber etwas lernen könnte man sogar von denen, wenn man nur immer wollte.

Die Zeit zur Abreise für Luca war gekommen. Natürlich sehnte er sich zurück in die Annehmlichkeiten des zivilisierten Lebens, nicht zuletzt nach einer simplen Dusche und duftender Bettwäsche. Zum andern aber wusste er schon jetzt: Kaum zu Hause würde er sich schon wieder einem Sehnen in die Ferne kaum entziehen können.

Um den Abschiedsschmerz ein wenig zu übertünchen, fragte Luca seinen Freund: „Du, was hat es auf sich mit der alten Geschichte aus Afrika mit den sogenannten Elefantenbäumen? Man nennt sie auch Marula-Bäume, nicht wahr? Ist es wirklich so, dass die Dickhäuter ganz verrückt sind nach deren Früchten, weil diese bei der Überreife zu gären beginnen und dadurch alkoholhaltig sind? Ich hörte, dass Elefanten nach deren Genuss ein wenig besoffen herumtorkeln! Und dass ihnen dieser Zustand so gefällt, dass sie immer wieder gierig nach dieser Wunderfrucht suchen!"

Pierre meinte: „Die Wissenschaftler haben herausgefunden, dass dieses Torkeln unmöglich nur von diesen Früchten herrührt", erklärte Pierre. Der Alkoholgehalt ist so gering, dass es eine Riesenmenge bräuchte, um einen Elefanten dadurch besoffen zu machen. Hingegen sei wohl in der Rinde dieser Bäume ein gewisses Gift vorhanden. Und genau auch diese Rinde fressen die Tiere. Also ist deren Herumschwanken wohl eher auf dieses Gift zurückzuführen!"

„Schade, dass die Wissenschaft alle ulkigen Geschichten widerlegen muss. Das rein rationale Denken und Forschen zerstört doch manch schöne alte Erzählung!"

23

Oh Wunder, seine Piper stand tatsächlich noch unbeschädigt und ganz in dem wohl gut bewachten
Hangar auf dem kleinen Sportflugplatz in der Umgebung von Lubumbashi.

„Was wird wohl meine Charter-Firma sagen, wenn
ich zurückkomme und sie auf dem Kilometerzähler,
der Blackbox und anderen Instrumenten meine Reise
nachkonstruieren? Bei diesen Leuten kriege ich
vermutlich nie mehr eine Maschine. Und ein Reisebericht von mir? Darum wird sich wohl auch keine
Zeitung reissen!", meinte Luca zu Pierre.

Was er nicht ahnen konnte: Sein Reisebericht hätte
vermutlich reissenden Absatz gefunden, hätte er
seine Aufzeichnungen in seinem geheimen Tagebuch veröffentlicht. Denn darin fehlte noch sein ei-
genes trauriges Finale.

Der Abschied im Dorf war schon herzbewegend.
Und der Abschied von seinem Freund Pierre
schmerzte.

„Aber wir sehen uns wieder! Und bring mir eine oder mehrere Bibeln mit", meinte Pierre mit einer Träne im Auge.

„Versprochen! So bald wie möglich!" Luca setzte sich abrupt in seinen Pilotensitz und überprüfte alle Instrumente. Wie sagen doch die Franzosen? „Jeder Abschied ist wie ein kleines Sterben!"

Dass es ein wirkliches Sterben würde, daran dachte Luca nicht eine Sekunde! Er wollte wieder von Punkt zu Punkt hüpfen, über unendliche Weiten, Steppen, Wälder, Sumpfgebiete, wie man diese heute vermutlich nur noch im Amazonas, in Afrika und in Russland und vielleicht auch in Kanada antrifft.

„Da war wohl sogar die frühere grosse Puszta in Ungarn nur ein kleiner Fleck dagegen", sinnierte der einsame Pilot vor sich hin, während er oberflächlich navigierte und der Motor friedlich brummte.

24

Irgendwo über einem riesigen und undurchdringlich scheinenden Waldgebiet begann der bisher so friedliche Motor plötzlich zu pusten und zu stottern. Die Maschine verlor an Höhe und Luca wurde unruhig.

Es schoss ihm aber durch den Kopf, einmal gehört zu haben, dass in einer Notlage ein kleines Flugzeug viel grössere Chancen hätte als eine grosse Verkehrsmaschine. Jene würde beim Ausfall der Triebwerke wie ein Stein vom Himmel fallen, hingegen könne ein kleiner Vogel bei geschicktem Manövrieren gleichsam „hinuntersegeln".

Theorie und Praxis sind immer zwei paar Stiefel! Die kleine Maschine begann heftig zu trudeln, die Instrumente spielten verrückt, obschon manche selbst in diesem Kleinflugzeug ebenfalls doppelt installiert waren.

Waren dies Aufwinde oder Fallwinde? Waren es sogenannte Luftlöcher? Am Wetter selbst konnte es eigentlich nicht liegen, denn weit und breit gab es weder Blitz noch Donner, nicht mal eine einzige dräuende Wolke.

Das „Mayday" aus seiner Maschine wurde offenbar nirgends empfangen. Wo denn auch in dieser unendlichen Einsamkeit der riesigen Wälder?

Das undurchdringliche Blätterdach des Dschungels kam immer näher auf Luca zu, und er verlor nicht nur die Nerven, sondern bald auch die Besinnung. Er murmelte schreckensbleich vor sich hin: „Piroschka, vielleicht komme ich zu dir!" Der Aufprall wurde durch die Bäume zwar abgefedert, war aber doch so heftig, dass es Luca schwarz vor den Augen wurde, im gleichen Augenblick, als er am ganzen Körper stechenden Schmerz verspürte.

Aber sein Tod kam gnädig. In Sekundenbruchteilen wurde es Nacht in ihn. Das Flugzeug zerbrach in viele Teile, fing aber kein Feuer! Durch den Absturz wurden ganze Vogelschwärme aufgescheucht, die mit vielstimmigem Geschrei davonflogen. Doch davon hörte Luca nichts mehr!

25

Waren es Rebellen, waren es Söldner oder reguläre Truppen, die rein zufällig nach Tagen das Wrack sichteten? Dies wird niemand je erfahren können. Die Leiche von Luca war beim hier herrschenden Klima schon am Verwesen. Und auch Tiere mussten sich schon an die Arbeit gemacht haben, denn es bot sich den hartgesottenen und abgebrühten Soldaten ein grausiger Anblick.

Sie fanden an der Unglücksstelle nichts für sie Verwertbares als Lucas Uhr und ein paar wenige Dollars!

Eine menschliche Rührung aber überkam diese Männer doch, denn sie schaufelten ein kleines Grab und setzten auf den Erdhügel sogar ein roh zusammengezimmertes Kreuz. Beten? Das konnte eigentlich keiner von denen. Aber einige nahmen wenigstens ihre Kopfbedeckung ab und schlugen eine Art Kreuz, wie sie dies als Kinder vielleicht von der Grossmutter gelernt hatten. Einer murmelte sogar etwas wie „Gott sei seiner Seele gnädig"!

Die sonst gewiss blutrünstigen Gesellen waren trotz allem auch mal menschlich. Und so sandten sie auf Kanälen, die nur ihnen bekannt waren, Pass und weitere Unterlagen sowie ein kleines Tagebuch, in einer für die meisten unbekannten Sprache geschrieben, an die Provinzbehörden in Lubumbashi. Auch eine ungefähre Beschreibung des Grabes, das sie geschaufelt hatten, wurde beigelegt.

Einer der Söldner meinte beiläufig, dass die Schrift in dem Büchlein Deutsch sein könnte. Aber dies interessierte eigentlich niemanden.

In Lucas Tagebuch, das er heimlich führte, und das beim Absturz unbeschädigt blieb, war glücklicherweise auch seine Heimadresse vermerkt.

26

Etwa zwei Monate später erhielten Lucas Eltern, immer noch in grosser Verzweiflung über ihren vermissten Sohn, Diplomatenpost aus Bern, mit Pass und Tagebuch und einem in ziemlich dürren Beamtenstil geschilderten vermutlichen Unfall und Tod ihres Sohnes.

Man könne den abgelegenen Unglücksort behördlicherseits nicht aufsuchen, wisse aber ungefähr das entsprechende Planquadrat, in dem das vermutliche Grab zu finden sei. Die kongolesischen Behörden würden den näheren Angehörigen erlauben, die Stelle zu suchen, um gegebenenfalls die sterblichen Überreste des Verunglückten in die Schweiz überführen zu lassen. Natürlich alles auf Kosten der Verwandtschaft.

Man gab zu verstehen, dass in den riesigen Gebieten vermutlich noch viele ungeklärte Todesfälle zu untersuchen wären und dass dazu leider die Mittel fehlen. Jedenfalls war zum Schluss immerhin zu lesen: „Herzliche Anteilnahme!"

Lucas Eltern reisten in den Kongo. Zum ersten Mal in ihrem Leben streiften sie mit angemieteten Führern durch die Weiten des Dschungels, angeführt vom tieftraurigen Freund Pierre. Verbunden war dies alles mit körperlichen und seelischen Strapazen, bis sie endlich vor den Trümmern des Kleinflugzeuges standen, das die Natur bereits wieder zuwachsen und überwuchern liess. Sie fanden auch den Erdhügel mit Lucas Grab.

Das kleine Holzkreuz war wie ein Wunder noch da. Dieser Anblick und das stille Gedenken bedeutete für die Trauernden mehr als der Besuch mancher prächtiger Kathedralen der Welt!

Was blieb?

Zurück blieben drei tieftraurige Elternpaare, eines in Budapest in Ungarn und zwei in Chur in der Schweiz, alle in ihrem Schmerz um den Verlust ihres einzigen Kindes. Ob sie nun Atheisten, Agnostiker, Papierchristen oder Gläubige waren, machte in der Trauer wenig Unterschied. In irgendeiner Form hofften doch alle auf eine Art Wiedersehen!

Bei allem Respekt vor einzelnen Weltanschauungen ist es doch im Angesicht des Todes und Vergehens interessant, dass zumindest die Frage aufkeimt: „War es das denn? Ist dies alles?"

Zu erwähnen ist noch, dass Lucas Eltern ein Paket an Pierre zustellten. Inhalt: Um die hundert Bibeln! Ob diese wohl je bei ihm ankamen? Die Wahrscheinlichkeit ist gering, denn solche Pakete könnten schon am Zoll liegenbleiben oder verschwinden. Nicht weil dort alles sehr gläubige Menschen sind. Aber man kann versuchen, Stück und Stück zu verkaufen, weil im Kongo wirklich viele gläubige Menschen leben.

Epilog

Hass kann tödlich sein und tödlich enden! Leid und Schmerz kann verbittern oder dann auch zusammenführen! So fanden sich drei Familien aus Ungarn und der Schweiz in ihrem Schmerz zusammen am Grab von Luca in Chur. Auf dem schlichten Grabstein stehen die für viele unverständlichen Worte: „Sehnsucht Puszta endete in einer besseren Welt!"

Eingeweihte verharrten aber gerne einen Augenblick an diesem Grab zur Besinnung auf unser flüchtiges Leben und in Gedanken versunken, ob es diese ‚bessere Welt' gibt! Viele hoffen dies inbrünstig. Und andere zweifeln weiter! Oder verzweifeln sie?

Erstaunt blickten eines Tages die wenigen Besucher auf dem Friedhof auf einen stattlichen Schwarzen, der offensichtlich am Grab von Luca still betete, denn er sank sogar für Augenblicke auf die Knie. So still, wie Pierre gekommen war, verschwand er auch wieder. Einige glaubten sogar verwundert, dass dieser in deutscher Sprache geflüstert habe: „Auf Wiedersehen, mein Freund Luca, in einer anderen und besseren Welt!"

Ist Religion wirklich gemäss Lenin einfach nur Opium für das Volk? Oder findet man in ihr doch darin den Sinn unseres Seins? Das muss letztlich jeder selbst entscheiden!

Und? War's das? Ist das Leben eine Laune der Natur? Durch den Eisprung des weiblichen Geschlechts, das sich zufällig mit männlichen Samensträngen getroffen hat, und der Mensch zufällig das Licht dieser Welt erblickte? Wenn ja, so müsste man sich fragen, ob dies die ganze Lebensqualität bestimmt. Ein wenig Glück und Hochgefühl, viel mehr aber Enttäuschung, Frust und Schmerz und dadurch vielleicht Zynismus oder gar Nihilismus? Ist es nicht vielmehr doch eine Möglichkeit, um nicht zu sagen eine Tatsache, was Schiller schrieb und Beethoven vertonte in seinem Schlussgesang der neunten Symphonie:

„Brüder, überm Sternenmeer muss ein lieber Vater wohnen!?

Der Dichter und der Komponist, beides grosse Geister, beide vermutlich nicht sehr religiös, kamen kaum ohne Grund zu diesem grandiosen Werk! Mindestens lohnt es, sich darüber mal Gedanken zu machen. Es könnte ja doch sein, dass ein solcher Vater der Schlüssel zu allem Suchen, Forschen und Denken ist!

134

Der Mensch ist wohl kaum nur eine etwas höher entwickelte „Eintagsfliege", die durch die Evolution genetisch bedingt einfach etwas länger lebt und die Fähigkeit zum Denken besitzt.

Da steht doch in einem heute manchem leider weniger bekannten Buch etwas Ähnliches wie „Krone der Schöpfung"! Sicher, diese „Krone" ist etwas beschädigt. Aber könnte gegebenenfalls ein Schöpfer nicht die Mittel haben, diese Beschädigungen einmal zu „reparieren"? Nicht?

Überlassen wir das der Zukunft!

Von F.U. Ricardo sind bei Book on Demands erschienen:

Paradies und Hölle in Ascona
ISBN 978-3-8370-6426-1, Paperback, 132 Seiten

Eifersucht
ISBN 978-3-8370-8259-3, Paperback, 196 Seiten

Drama am Weissfluhjoch und am Tafelberg
ISBN 978-3-8370-3567-4, Paperback, 180 Seiten

Der Raub des Luzerner Mädchens
ISBN 978-3-8370-3802-6, Paperback, 164 Seiten

Leuchttürme
ISBN 978-3-8391-1170-3, Paperback, 124 Seiten

Die Kerze
ISBN 978-3-8391-1882-5, Paperback, 164 Seiten

Brot und Salz
ISBN 978-3-8391-1612-8, Paperback, 140 Seiten

Nichts Neues! Wirklich?
ISBN 978-3-8391-1067-6, Paperback, 124 Seiten

Drei Welten, drei Leben
ISBN 978-3-8370-9983-6, Paperback, 220 Seiten

Schmelztiegel
ISBN 978-3-8391-0433-0, Paperback, 196 Seiten

Wolken über der Toskana
ISBN 978-3-8391-4431-2, Paperback, 140 Seiten